偉大な作家生活には病院生活が必要だ

中原昌也

河出書房新社

偉大な作家生活には病院生活が必要だ　目次

偉大な作家生活には病院生活が必要だ

はじめに

最近の生活ですか。ひどいもんですよ。夏は暑くて外にも行けなかった。いつも近くのたい焼き屋に行くんですけど、休んでたので行けませんでした。そろそろ行こうかな。

YouTubeばっかり聴いています。怪談と鶴光のオールナイトニッポン、そしてタモリです。タモリの「ソバヤ」がすごいと思います。アフリカ民謡を真似して「ソバヤ、ソバヤ」と繰返しているだけなんですが、それにいちいち感動しています。

だいぶ目が見えにくいけど、映画館に行きました。『関心領域』と『蛇の道』、それに『Cloud』を見ました。『関心領域』はこの監督ジョナサン・グレイザーの前作『アンダー・ザ・スキン』がよかったし、音楽のミカ・レヴィも気になるから行きたかった。字幕が読めなくても映画館にいるだけでよかったです。『Cloud』は大藪春彦みたいでした。おかげでたけしの映画を見たくなりました。『エイリアン：ロムルス』はまだやってますか。『エイリアン』シリーズでは『プロメテウス』が最高に面白いです。監督が『エイリアン』に全く思い入れがなくて、どうでもいいと思ってつくっているのがすごい。

皆さんはこんな本ではなく他の本を読んだ方がいいと思います。『石灰工場』をおすすめします。おせっかいですけど。

（二〇二四・九・一談）

1

生存記録二〇二〇—二〇二三（抄）

二〇二〇年

一月七日（火）

《『サイレント映画の黄金時代』》チョー分厚い！　少し読んだだけで名著！

写真にはぜんぜん写ってないですけど、いまから渋谷クアトロでのソロライブに何となく客が来ている！　自分の葬式にもこんくらいは来るのを想像して頑張ります！

一月一四日（火）

ビルとテッド『大冒険』と『地獄旅行』を続けて観る。いままでテレビで適当にしか観ていなかったけど、大人になってやっとちゃんと観た。二本ともスゴいイイ映画だ。『ウェインズ・ワールド』よりぜんぜん好き（あっちは2の方が傑作だけどさ）。昔のバカがノビノビしているだけで、なんか涙が出てくる。これから製作される三作目で、この腐り切った現代をどう描くのか楽しみ。あと『地獄〜』のラストのテーマ曲、ほんと名曲だ。ボン・ジョビ風？KISSだったのか…。

坪内さんまで亡くなるとは…。本当に、この方には世話になった。文章を書くと、何かというと褒めてくれたし、会うと毎度楽しい話をしてくれたし、何より小遣いまでよくくれて助かった。映画にも一緒に出た。

こういう大人に出会うことは、もうないだろうし、一番悔しいのは、彼が亡くなったからといって、代わりに自分があぁいった心の広い大人にもなれるわけでもないことだ。合掌。

久しく会ってなかった先輩が、同時に二人も亡くなった…今月は呑みます。仕方ない。

一月二〇日（月）

いま一瞬寝たら、夢にモダーンミュージックの生悦住さん（明大前にあったレコード屋店主、故人）がライブハウスに現れて、（多分）可愛い女の子と話してるのに、邪魔して話しかけてきた。

最近も色々亡くなっているのに、なんでまた何年も前に死んだ生悦住さんが。

モダーンが閉まる寸前まで、その近所に住んでいたが、ぜんぜん行かなかった。亡くなる寸前にも同じイベントに出たが、時間がなくて特に話をしなかった。

生前「キミはぜんぜん才能ないねー」と個人的に言われまくったが、まあいい人ではあった。おかげで他人に褒められないことに慣れたのかも。

もうすぐ葬式のある坪内祐三さんもそうだし、生悦住さんを含め、昔のよくわからない人たちのよくわからない趣味嗜好が忘れられつつあるように、最近特に思う。わかりやすい趣味の人ばかりで、そういう人の意見がありがたがられる。あんまり好ましい風潮ではないが、仕方ない。本当に寂しいけれど。
『モスキート／血に飢えた死体マニア』を再見して、あのメンヘラ姉さんは誰なんだろうと思って調べたらジョー・サルノ（ジョセフ・W・サルノ）『熟れすぎた少女ビビ』のしょっちゅうオナニーしてばかりの暗い地味な姉ちゃんだった！　後に出演した『モスキート』ではぜんぜん脱ぎもしない役だったのに、こっちではもうバンバン！　ポルノに出ているのが親バレして、以降は演技中心の立派な役者になりました！　と『モスキート』Blu-rayに収録されているインタビューでは応えていた。

二月一七日（月）
普段仕事なんて全然依頼がないのに、金にならないタダ働き同然の仕事（とは呼べないが）に限って一挙にまとまって依頼が来て、そういう締め切り時に限って、別の何かをやって（家財を売るとか）早急に金作らねばならないくらい生活が困窮している。

二月二八日（金）
筒井康隆さんのご子息伸輔さんが亡くなったのを知る。自分が表参道で個展やっている際、近くのギャラリーで展示をやっていてお会いしただけ。同い年くらいかと思っていたが、二つばかり上でした。合掌。

三月四日（水）
お前、もう逮捕も何もされないでいいから、ゴミ屑と一緒に消えてなくなれ！
人が少ない、深夜の特殊浴場のような成田空港。疲れてますが、行ってきます。

三月二二日（日）
うるせー！　どんな創作でもそうじゃい！

三月二五日（水）
旅行割引券も和牛商品券もいらねー！　全部丸めて突っ込んでやるから、クソ安倍はケツの穴出し晒せ！
“Fuck the travel voucher and fuck the wagyu meal ticket! Spread your fucking legs Abe and we'll shove them up your fucking butt!”
クソったれ！　今月も家賃と倉庫代払えないから、来週深夜にイヴェントやる。心配なヤツや病気の人は来ないでいい。クソったれ！

三月三一日（火）

月末なので倉庫代を払いに行こうと思っていたが、振り込みはなし。予想はしていたが、呆然としつつ、倉庫代を払えないまま電車で新宿へ。昨日買えなかったハリー・スミスを求めて紀伊國屋に。噂通り、人文三階にあった…《『ハリー・スミスは語る』（カンパニー社刊）》。みすずっぽい書影だが、実物は宗教団体で配ってそうなカバーなしの安っぽい作り。所持金の半分の値段だったから買えた。というか、映画音楽コーナーにも置いとけよ！　早速、ギンズバーグ回想を含めて少し読む。これは面白い！　勿体無いので、少し休んで映像作品のＤＶＤ三枚を棚から引っ張り出して観る。買ったときあまりの映像のクオリティの低さにブートかと思って、ぜんぜん観てなかった…。昔、mystic fire から出てたヴィデオ（持ってない）のコピー？　いきなりビートルズの王道ナンバーが流れてガックリくる。「キレがあるときのレヴィ゠ストロースは、ブレヒトとかなり近いことが分かる」というフレーズにやられる。いきなりラモーンズの話題出てくるし。

四月一〇日（金）

天ざるが食いてえ…しかし金がない。

四月一二日（日）

ムチャクチャ腹立ってきて、こんな国みんな死んじまえばいいと思って、Whitehouse を大きな音で聴く。死んじまえ。

五月七日（木）

昨日も出たばかりの欲しい本を探し、新宿の書店がどこも閉まっているというので渋谷に。着いたら、渋谷もどこの書店も閉まってて、駅前の大盛堂しかやってなくて、ダメ元で行ってみたが欲しい本はあんな小さくて大衆に媚びた品揃えの店には当然なく。意気消沈して帰宅せず、友人たちと歌舞伎町の某店に行き、和牛三昧に舌鼓。やっぱり美味いもの食うと元気になれます。前日の配信について語り合い、懐古趣味なしのアングラ復活の健全な息吹を感じる。

翌日、ネットで紀伊國屋新宿店の営業再開を知り、昼から駆けつける。目当ての本であるチャールズ・ウィルフォード『コックファイター』（扶桑社文庫）を購入。ついでに一階に寄って、ユリイカの坪内祐三追悼特集を立ち読み。買って帰ろうかと思うが、読んでいると悲しみが止まりそうもないので止める。二千七百円もするしね。いくら渡仏寸前でバタバタして原稿が書けなかったとはいえ、話の特集もユリイカにも何も坪内さんのことを書けなかったのは寂しい。いつか勝手に書いてみようとは思うけど、何が書けるのだろうか……とても世話になったんだから、何か書かないと。

腹が減ったので、地下のカレーを久しぶりに。別に美味くない。

前のビッカメもやっていたので、００７が最近また観たくなったから、五枚 Blu-ray を買う。締めに「ベルク」に寄ってビール。店長副店長揃って迎えていただく。よいお店。開いててよかった。

こんな夕暮れを過ぎてまで、ベランダに敷いたゴザの上で寝そべってる。寒くなってきたからそろそろ部屋に戻るけど。

もしこうして、真上の空を眺めながら、顔面に隕石が落ちて来て直撃したとして、どのくらいでその予兆を感じることができるのだろうか？　隕石の大きさにもよるんだろうけど。

そんなこと考えてたら、真上で何かが一瞬光った！　暗いからよくわからないけど、飛行機ではない。

五月二九日（金）

飛行機が墜落すればいいと思って、飛んでいるのを見た経験は初めて。というか、見てませんけど。

というか吐き気がするのでね。

ドロシー・イアンノーネってとっくに死んでるのかと思っていた！　が、ぜんぜん存命中だった！

大好きなんで、何冊か作品集持っているが、いまは手元にない（悲）と思ってたら、近所の古本屋に薄い作品集が売ってて、これが頭くるほど高かった（怒）。なので五百円だけ負けさせた。五百円だけ。

七月二一日（火）

日曜日から酷い鼻炎に悩まされ、ついに決意して昨日から鼻炎止めを飲む。それでずっと意識がボンヤリしている。気がつくと眠っているが、かと言って激しく眠いわけではない。そんな時にNetflixで『未解決ミステリー』を断続的に早朝から観る。特にこういうドキュメンタリーが好きなわけでもないつもりだが、ズブズブと観続け、そして時折気を失う。シャマラン・ファンのラテン兄ちゃんの不可解なホテルの屋上からの転落死（職場が怪しいに決まっている）、美容師のオバちゃんの謎の失踪、一家惨殺とその犯人と思われる旦那の逃避行（これは番組では紹介されないが去年捕まったそうだ）まできて、突然ＵＦＯ目撃談になったのは驚いた。一番ここでウトウトきていて、いつ人が宇宙人に殺されるのか⁈ そんなとんでもない事件あったのか⁈ と興奮したが、そんなことは流石に起きず、次はド田舎のレイブパーティーに行った黒人の死体発見で、これは先日自分もド田舎の馬小屋で深夜ライブやったから他人事とは思えず恐怖。最後は親だか親類が怪しいという失踪劇？ もう完全にボケボケウトウトで何も頭に入って来なかったが、鼻水はおおよそ治ったはずだ。横になると、痰で喉が苦しいけど、ぜんぜん痛みはない。

八月一五日（土）

R.I.P. LINDA MANZ

病身で寝床に伏せつつ『殺人魚フライングキラー』日本盤 Blu-ray を観る。『ターミネーター』ですらあまり好きではないが、かといって特に理由もそんなにない非キャメロン主義者（とはいえどの作品も全部が嫌いというわけでもない）とはいえ、この作品は泥臭くて好きな方だったんだが、こうして久しぶりに観てみると公開当時（でもなく多分二番館落ちで文芸坐で観た記憶）よりもイタリアンな感触（スタッフはほとんどイタリア人）が気になった。

というかさー、出てくる人たちの間抜けさとかがハンパなく、あとでの虐殺描写のためにワザとやってんのかというくらい。しかし！　そこまでスカッとするほど皆殺しの大残虐というわけでもないんだな…。

しかし、ドキュメンタリーで少年役の話を聴くと観たのはアメリカ公開盤で、イタリアンバージョンはもっとエロ多目だったという…。こんな猛暑で体調の悪い中、どっちでもええやろとは思うけど、磯臭さは十分なものの予想したほど爽やかな避暑は味わえませんでしたー、トホホ。それにしてもキャメロンの最初の作品から出演してたランス・ヘンリクセンの若さには脱帽。というか沿岸警備員かよ！　そのあとのダークな役ばかりのキャリアを考えると似合わない。

本日、御茶の水アテネフランセ『中原昌也への白紙委任状』無事とは言えぬ僕不在のまま終了致しました。コロナ禍にもかかわらず例年通りの混雑ぶりで、今年も感謝しております！　しかしながら、僕は初日のみの参加で、後は横になっての自宅からの不様な参加で、わざわざ炎天下の中会場に足を運んでいただいた方々には失礼なことになってしまいました！　次回はちゃんと元気に参加できると思うので、来年もよろしくお願いします！

八月一九日（水）

映画論叢の早野凡平についてのページを読む（ちゅうかさー、映画じゃないやん！）。ボンペー、好きやったな！　唯一と言っていいほど、リアルタイムで即好きになった芸人！　確かに好きになって、割とすぐ死んじゃったな！　って、いまのオレの歳で死去?!　ゲゲーって、恐ろしい…。

八月二五日（火）

眠れないのでファスビンダー主演の近未来ＳＦ映画『未来世紀カミカゼ』のBlu-rayをダラダラと断片的に観て、なんか音楽がエドガー・フローゼなだけで、こんな感じの映画、この時代のドイツに他にもあるよなぁ…と眠ってしまった。終わって目が覚めて、特典映像眺めていたらジョン・カサヴェテスの音声が出てきて「ファスビンダーは生きていたのか！　ヤツはデブだ！　腹出とる！　げへへへあははは」的なことをラリったかのような狂った口調でゲラゲラ笑いながら連呼していた。ラジオでの宣伝だったのか？　なんか意外にもカサヴェテスが恐ろしく品がない人のような気がしてショックだったけど、まあ良しとしたい。生前、交流でもあったのか？　いずれにせよどちらも既に故人だし。さて寝るか…寝る前に食った二郎系ラーメンが、やたら腹に下って、ぜんぜん寝れないよ！

九月一〇日（木）
ジョナ・ヒル『Mid90s　ミッドナインティーズ』@新宿ピカデリー
五十になった今でも、一度も不良でなかったことを悔やむ。不良でなくともスケボーくらい乗れるようになっとけば良かった。いや、まともに携帯も保険証も持ってないくらいだから、人間として不良といえば不良か…。

一〇月二〇日（火）
やっぱりぜんぜん本は読んでおらず、それなりに危機感があって、新刊はマメにムリに購入しているのだが、やっぱりぜんぜん読めない。家はベッド以外に落ち着く場所がなくて、その上にいれば気がつくと寝てしまうし、近所に気の利いた茶店もないせいだからだ、というのを理由に読書だけでなく文筆業も捗らないということにしている。わざわざローラン・ビネの新刊（前作のナチのヤツだって、そんなに感心したわけでもないけど、まぁ読みやすかった）を持ち歩いてはいる。主役の刑事がブツブツとバルトやフーコーの悪口を呟くのがフィクションとはいえ何か矛盾しているような気がして（高尚なものとバカにしている割には詳しい）落ち着かないけど。筒井さんの『文学部唯野教授』のフランス版かと、勝手に解釈しているが、多分間違ってる。

しかし、同じくらいの厚さのカエターノ・ヴェローゾの自伝が出てしまい、こちらにも気が惹かれる。拾い読みしかしていないけど、映画の話題が多く、やはりグラウベル・ローシャにやたら言及しているのだが、この本での表記はホッシャ。どうしても芸人の「ほっしゃん」を連想してしまうので、ローシャに戻してもらいたいが、間違ってはいない発音なのだろう。だが、こちらの本に目移りしている暇はなく、あくまで拾い読みのつもりなのだが、ついつい。

一一月一七日（火）

急いで金作って即買った二冊。Twitterで目にした収録作品の一コマが気になって購入した『現代マンガ選集』。しかし、家の寝床では照明の関係か、目が悪くて、その作品の字が小さすぎて読めない…。特にレイシーのいいリスナーではないけど、出てくる固有名詞（ゴンブロヴィッチとか）に惹かれてつい購入。月曜社の神林さん元気かな。もう金欠なので、本でも読んで、おとなしくします。

体調が悪く、また悪夢。日野日出志の漫画に出てきそうな、毒虫小僧みたいな、白蟻の怨念が堆積した化け物が地中から出てきて、そいつとボロアパートや路上にて剣などで闘うが、やがて視点は三人称になり、遠くで建築中のデカいビルの作業員たちと化け物との死闘を眺める。珍しく全編白黒。

目が覚めて、一瞬ボンヤリしながら、またウトウトしてるうちに「そういやぁ、山とか野原とかにマイク仕込んで、その音を生中継して動物とか地中の虫とかの生態を使ってノイズやってる女子がいたけど、彼女はどうしているんだろうな」とか懐かしんでいたが、よく考えたらそんな女、現実には存在しねーよ!

体調が悪いと、とにかく何かおかしなことになる。

一一月一八日(水)

何も新しいことはできないかもしれない…。オッサンだし老害だし。でもなんかいつも違うことやろうという工夫は忘れてない(つもり)。

無意識に理由もなく禁じていたが、今更Vimeoでヴェルナー・シュレーター初期短編。マグダレーナ・モンテツマの佇まいに、ただただ驚嘆。いますぐ観て! すぐ観れなくなるから。こういうのよりも『鬼滅の刃』とかの方が優れている、と本気に思っているヤツらは今すぐ死ねとは言わないけれど、百万光年の彼方の宇宙に今すぐ飛んでって一生の孤独を感じながら死ねばいいと思う。ここには輝かしい永遠がある! 最高!

んー、もうしばらくはヴェルナー・シュレーターの映画しか観ません！　それかマグダレーナ・モンテツマがスチュワーデス役の『エアポート』シリーズか、或いはモンテズマとジェネシス・P・オリッジの腕相撲生中継くらいしか！

もう過去の死人としかシンパシー感じないもんねー！

一二月四日（金）

“NON PLUS ULTRA 1981-1987”というスペインのＮＷコンピが再発されたから昨日買った。これの第二集が近所の中古レコ屋で流れてたから、以前買っていた。８０８じゃない Linn ドラムが鳴ってるショボいエレクトロが強烈で、速攻買った。

今朝レコード棚にその二集を探しに行ったら、突然棚に立てかけてあったレコードが崩れ落ちてきて…最後に残っていたのが、このレコードだったので驚いた。昨晩、立ち飲み屋で会った元レディース総長だったという女性が僕に「あなたには子犬の守護霊がいるわよ」的な指摘をされたので、それなんだろうかと一瞬考えた。

しかし、昨晩一緒に買ったヘルマン・ニッチェの持ってなかった屠殺レコードを先に聴いた。相変わらず朦朧とした吹奏楽だった。

河出書房新社さんの地下会議室で缶詰め。まだできたばかりの蓮實重彦さんと瀬川昌久さんの対談本をいただく。The Doors のアラバマソング（の話は当然出てこないけど）がどこからか聴こえてきそうな回転木馬のロマンを、冒頭数ページから満喫。この本、僕なんぞがいうのはおこがましい、最高な一冊です！　瀬川さんによる後書きで、友人の故蓮實重臣さんについて言及していて涙。それにしても表紙！　てっきりお二人の写真を合成しているのかと、遠くから思っていましたが、よく見たら現地撮影！　まあ当然といえば当然ですが、モンティ・パイソンのチャンバラトリオ、国会前でのテンパイポンチン体操を思い出してしまった。

一二月二五日（金）

ダメだな〜と今日は（も？）素直に思ってしまった。一瞬、新宿に出たのだが、間違ってJRを通って駅を京王線改札から出ようとしたため「こちらから出るには通行料が」と言われ「セコイなクソ野郎！」と口走ってしまった。しかも出るには目的地の紀伊國屋の反対方向しか出れない（何故？）、やっぱり思わず駅員をゴミクソ低脳呼ばわりしてしまった。とりあえず紀伊國屋書店でイーディス・パールマン『蜜のように甘く』（亜紀書房刊）を買って帰ろうとしたら、いつもの具合が悪くなって真っ直ぐに歩けなくなった。気がついたら、JRの改札通ってまた以前は通れた筈の京王線改札に来てしまった。駅員はまた頑なに「ここからは通せません。一周ぐるっと回るか、通行料払ってください」と言われ「こっちは具合悪いんだよ、このクソ野郎！　死ね！」と罵ってしまった。単なる駅員に、そんな口汚くしても何にも意味はない。確かに年末というのに、どこからも振り込みがなく残高千円以下で精神的に不安だったのかもしれないし、コロナの後遺症でおかしくなっていたのかもしれない。最悪だね。

二〇二一年

一月三日（日）

体調が悪くて一日中Dubばかり。

《CRY TUFF DUB ENCOUNTER》

金なさすぎて鬱で死にそうだったのを、重い腰上げて行商しに来たが……休み。ちゃんと営業時間調べておけば良かったか……。

ジャケの印刷にも大失敗。本格的に一銭もない。誰か新宿かどこかで奢って……。

新宿で銀行口座見たら五百円あったので手数料引いて三百五十円下ろして帰ります（泣）。

一月二八日（木）

そういや一昨日くらい、新宿駅で、拳銃構えるように堂々と周囲に中指立ててる人がいた。男性か女性かわからない。そういう人に出くわすとすぐに興味を持ってしまうのだが、刺されたら嫌だからクールに無視しよう。

だからさー、信者を煽った嫌がらせなんてしてないっての！　もう全部B.o.r.が悪い（あと気違いストーカーね）あー、こいつ仕事が欲しいそうで、何かあったらご連絡を。オレもないけどさ。

しかも、映画秘宝なんて年数回仕事するだけの関係だよ。友達かもしれないけど、いちいち仲間呼ばわりすんなっての！

遂に出た『ナース・ウィズ・ウーンド評伝』！　久々に読んでて、ワクワクする本です！

二月一日（月）

雑居ビルの地下には開けちゃいけない扉があって、偉そうな男と管理人がそれを無理にこじ開けようとしている。「ああ、ダメダメ！」と思いながら、その場を通り過ぎた自分は隣の部屋に行くが、その先は行き止まり。仕方なく筒状の物が沢山立てかけてあるところに隠れるが、すでに開けちゃいけない扉に潜んでいた奴が、復讐の事情をクドクド説明しながらやって来る。

三月一六日（火）

やむを得ず下北沢に来たが、案の定途中でフラフラになってマックに入る。苦し紛れにナゲットを注文。予想通りマスタードソースを頼むところが、毎度のことバーベキュー味を注文する不覚。

四月六日（火）

ん、もうダメだ。また機材売りにいく……。

イシバシ楽器に売ったが買取がバカ安で、倉庫代には足りない……また売りにいく。

シネクイントにて二度目の試写で『アメリカン・ユートピア』。字幕入りは初めてで圧倒され尽くして涙流しっぱなし。やっぱりファックレイシズムですよ！　ありがとう！

四月八日（木）

批評がやりたいと思ったことは一度もないけれど、幼い時から貧しかったからルサンチマンで仕方なく……しかし、幅が広く豊かな表現をやりたい、と考えたこともなく。そんなものには反吐が出る。的確な批評さえできればいい。そんな知性、どこにもないけどさ。

四月一一日（日）

椅子がないのは辛い。机がないのも辛い。いや、厳密にはどちらも家にあるのだが、棚の代わりの物置として、作業を中断した物がそこに置いてある。

執筆ができない……いや、仕事が発注されればすぐにやるけど、ないから机の上は片付けられない。力が出ない。先日、量販店でマッサージチェアーに久しぶり座って施術。たちまちしばらく元気になった。どうしようもなくジジイだ。

すごく金がない。底はどんどん抜ける。かつて、ここまで入金のない人生はない。ちょっと前まで金なくてもいいや、と言える元気があったような気がするが、今はもうない。ただ黙ってYouTubeの心霊実話を聴く日々。しかし、俗っぽいCMは見ているのが辛い。ドンドンと知能が低下するのを、肌で感じる……これは明らかにドラッグより身体に悪い。確実に悪い。

四月一三日（火）

何かに造詣が深い人、になんざまったくなりとうない!! 昼間から真っ当な仕事もしないで、映画だの音楽だの小説だの美術にうつつを抜かしているのは、ランダムに色々接して、訳がわかんなくなるためなんだよ！ 何かに詳しくなるためじゃぜんぜんない。寧ろ、混乱したいだけ。訳がわかんない状況のため、映画観て音楽聴いて小説読んで絵を眺める。人を訳わかんなくさせるために批評や小説書いて、音を出したり絵を描いたり。客に有り難いものは一切提供しない！ 僕の仕事はそんなもの。ま、こんな時代、仕事は当然減るよなぁ……。

四月一四日（水）

「意識の変容だよなぁ〜」なんて、猛烈に具合悪い中、ボンヤリ呟く。聴覚がおかしく、眼も見えにくくなって、気分もハッキリしていない。体調はこの気圧で余儀なくコントロールされているのか。雨は好きな天候ではあるんだけどな。いま待合室に使っている出版社一階の喫茶店で、延々オールディーズが流れる。昨晩、自宅で流し見していた『スコーピオ・ライジング』のラグジュアルな光景を思い出して癒され、少しだけ元気になる。歳取ると、だんだんとケネス・アンガーに癒しを求めるようになるのか……。

四月三〇日（金）

朝に完成させなきゃならない仕事があって、コンビニに行って、ＱＰコーワゴールド２錠とモンスターエナジー買って徹夜作業。最初のうちは問題あったが、それが解決するとスルスルと完了。意外に早く終わる。しかし、コーワゴールドとモンスターエナジーのせいか、ぜんぜん眠れず。

ベケットの『名づけられないもの』について、自分が書いた栞文を貶す書き込みをAmazonで見てしまう。誰もわかったふりなんてしてねーよ。仕事の依頼が来てたから書いただけだよ。自分が理解できる範囲内で、やれるだけのことやったまでだよ。

あのー、自分も前衛音楽っぽいのやってるんですけど。彼らが難解な音でベケットを理解したように表現するのは良くて、こっちは本当は音楽だけやってたいのに、無理して文章にしたら、それは「わかったふり」かよ。どんだけ白人至上主義なんだよ。バーカ!! などと一般人の陰口を叩くなんて、もうしません。

ただ「白内障かもしれない」と友人から言われ、そんな病院に行く金もないし、そもそも保険証だってない。それで朝からどよーんとしていたところ、今日に限ってはコーワゴールドかモンスターエナジーのおかげで、ぜんぜん青空が見えて、何もかもが真っ白にしか見えなくて、段差が分からなくてコケたりしない！　久しぶりにスッキリした気分で外を歩いた。昨日、友人がコロナ明けに勤めると知った飲み屋の前で、偶然全羅くんにすれ違った！　ヒヨコくんとも！　何にもない、誰も友達住んでない（なんてことはないけど）と思ってた近所にも、友人たちが集まってきている。とりあえず今日はＱＰコーワゴールドを瓶で買おう。相変わらず、毎月末に払うべき倉庫代には満たない振り込みしか口座にはなかったけれど。

五月一日（土）

突然体調すぐれず、横に。

唐突にパープルのライブ映像を観る。個人的に三大ハードロックバンドの中で、最も評価の低いバンドであったが、徐々にそうでもなくなり（サバスが不動の一位）……しかし、ライブのインプロは確かに凄いね。イアン・ギランもリッチー・ブラックモアもいいけど、やっぱりジョン・ロードだよね‼　ハモンドの上にマエストロのリングモジュレーター（ソイくんに引っ越し手伝ってもらったとき、太っ腹にあげたやつだよ！）でギーギー、Arp のオデッセイでなんだかわかんない音出してる。インプロの派手さが The Who とかというより非常階段に近い。ジョン・ロードのソロアルバムってていいのか？　って気になってきたが、そんなもの買う余裕はないので諦め。みうらじゅんさんが再結成来日観て「出た腹でキーボード弾いてる」というのを思い出した。

ああ、今日のライブの用意しないと。

五月三一日（月）

夜九時ごろに成田駅降りて、タクシーで三里塚へ。

帰りに東成田駅まで歩くつもりが、第二ターミナルまで歩いていったほうがいいという駅員の勧めで、延々と変化のない地下道を歩む。その前の三里塚からの延々と続く地下道を抜けると、これがまたJ・G・バラードの世界としかいいようのない（『コンクリートの島』そのもの）殺風景な高速道路を歩かせて、人類はやっぱり滅亡するかも！　という不安を感じさせた。

京成線ぜんぜんわからないのに、間違って途中で降りた駅でツレが勝手に突き進んで、行方不明に。まあご実家も近い筈だから、放って置いても帰って来れるでしょう……。

月末なのに……五十一の誕生日前だというのに、一円の振り込みもない！（T.T）

六月一八日（金）
最後くらいヴェーラの勅使河原で『燃えつきた地図』観たかったが、変な時間に目が覚めて、そのままロクに眠れず……一昨日に酔って地面で頭打って（記憶なし）から、寝て起き上がると目眩で倒れそうになるという状態がいまだに続き、外出を断念。んー、今後の人生上手くいきそうな希望に満ち溢れていたのだが……またこうも貧乏状態にさらされると、病院にも行けず。

六月二八日（月）

深夜、仕事に行き詰まって、泣きそうになると、いつも必ず聴くレコードを引っ張り出してしまった……謎の電子音楽家 Douglas Bregger が九一年にリリースした 2nd "Vampire Radio"。いまでいうところの OPN って感じなんですかね。ビヨビヨと Moog のシンべが鳴ってて、語りとオルガンと切羽詰まったノイズだけのモノラル録音12インチ。これをシングルにした意図は？　限定百枚で、ジャケはハンドメイドみたいで、Discogs に挙げられていたものを参考にすると全部適当で面白そうですが、ウチにあるのはピンク色の銀紙に覆われているだけで、裏は手書きの文字のみのつまらないバージョン。この前に出ている 1st は聴いたことない。他は RRR のコンピに一度参加しているくらいで、この作品以降、リリースはなく。いまはいったい何をしているんでしょうね（溜息）。

いやー、これいいですよ！　最高。

Discogs で調べたら四万するみたい！　たけぇ！

https://youtu.be/XeDUKKrkxRw

https://youtu.be/INCxrAcrzuE

ダメだ……ジョン・ハッセルだけは確実に一ヶ月前に死んだと聞いた記憶があるはずなのに……とにかくご冥福をお祈りします！

ジェフスキはともかく、ジョン・ハッセルは一ヶ月くらい前に亡くなったはず……と記憶する、ここと異なった世界に住む人（僕より年上）が二人もいて、混乱しています！

僕の中ではバート・I・ゴードン（『巨大生物の島』とか『巨大蟻の帝国』とか何かが大きくなる以外は『マッドボンバー』の監督）の訃報を何度も耳にした記憶がありますが、Wikiで確認したら未だ存命中。九八歳!!

しかし、ロジャー・コーマンやメル・ブルックスの訃報は一度も耳にしたことはありません！　何故だ?!

いま見た夢……自分が誰か既に死んでる著名人の内面に入ってて、他の誰か（犯罪者的な誰か……小柄で禿げている）と教会で再会。その目の前には神様的な偉い老人がいて、三人ともいずれ死ぬのに「よく会えたね」的な瞬間で和む。その三人とも既存の誰かだったんだけど、目が覚めたら忘れる。場所はドイツだった気がする。

七月一七日（土）
そもそも家にテレビはないし、その日は忙しくて、気を使ってらんないが、きっと最後の最後で KLF みたいなどんでん返しがあるはず…そんなのを期待して、この件について考えるのはもうやめにします。

いじめを肯定する気なんてないけど、いじめに参加しないと自分がいじめられていた。いまならいじめるヤツらを虐殺するだろうけど、子供のときはそんな考えに至らない。ダメな人間を見つけて徹底してこき下ろすのがこの国の学校教育ってもの。関係なく偉そうに過去を断罪できる連中は幸せなもんだね！

ラッパーの Biz Markie が死去
本当に亡くなったのか…大ファンだった。ご冥福をお祈りします。

七月二三日（金）
いまさら言うのはなんだけど、自分は鬼畜系の文筆家であった意識はない。サブカルもまた然り（これについてはまたいつか）。というか当時嫌で堪らなかった。確かに村崎さんは穏やかなインテリでいい人だったし、青山正明さんもそんなに会ったことあるわけでもないが真っ当な人だったし、根本さんはもう恩人というか思想を超えた大先輩。他の人はあんまり知らない…というかその界隈での仕事は、実際にはあまりなかったと思う。ＳＭ雑誌で映画の連載をしていたし、死体ビデオのレビューもさせられたけど、試練だと思ってたくらいに辛かった。そんなに働きものでもないのは事実だけど、『映画秘宝』ですら、そもそもそんなに仕事していない。『ＱＪ』だとかは一度も好きになったことない媒体だったけれど、他に仕事なかったし、仕方なくやっていた。あとあとのこと考えても現在何人かのあそこの編集者に、いまだいい感情を持ってはいないけれど。

ところで自分はそもそも鬼畜系に分類されているのだろうか？　とWikiをチェックしてみたら…何と一度しか名前が出てこない（しかもオウム事件についての本で）こりゃ幸い！　と思ったものの、それだけ仕事もなく、いかに食いっぱぐれていたということの証明でしか。そうか別枠の音楽だとか小説の仕事やっていたのか！　といまさら思い出すほどの怠け者。で、いまは障害者に排泄物食わせた仲間とか思われてる（というかウチの学校の障害者には逆に暴力振るわれてたよ！）のは、なんだかなと思う。

八月二八日（土）

突風が吹いてきて読者の欲望とか全部吹き飛ばして骨格だけが多少見える程度の小説が書きたいな、なんて寝ぼけて何も書かない日々が続いたが、それって音楽でいうところのDubだということにいま気がついたな。しかし、それでは原稿料がぜんぜん出ない…。

『ザ・スーサイド・スクワッド〝極〟悪党、集結』@ＴＯＨＯシネマズ新宿
前作は勿論嫌いだし、『スリザー』と『スーパー！』は愛しているほど好きだが『ガーディアンズ・オブ・ギャラクシー』がぜんぜん面白くなくてスッカリ見放していたジェームズ・ガンだが、これはもう超傑作。威勢のいい残虐さと動物キャラたちの可愛さだけで泣いた。そして政治的にも立派な表明。これですよアメリカ映画は！　ガン監督にはもう一生好き勝手にやらせたらいい。いたち野郎も最高だし、ネズミ嫌いのキャラがネズミを撫でる瞬間！　愛らしい。サメくん最高！

八月三〇日（月）
R.I.P. Lee 'Scratch' Perry
自宅玄関にポツンとアルバムが置かれてるのを見て、ここのところ一番気にかかってた偉人が亡くなってしまった。

皆さん、どんなに後ろ指さされようが生き延びていこう！

「死ぬかもしれない！」と時折呟きながらワクチン一回目。水二リットル飲んだせいか、確実に普段より体調が良い！　肩こりが激減！　帰りに六本木でラーメンでも食って帰ろうと思うも、目当ての店は閉まっていたのでヤケになって歌舞伎町の二郎へ。場所が変わってて一瞬焦るも、交番で場所訊いて無事入店。

九月二〇日（月）

Luc Ferrari の未発表作二枚組“Labyrinthe de Violence”を聴く。状況がよくわからない、ひたすらコンクレート。A面が特によくわからないけど、それ以降の展開はなかなか淡々と素晴らしい。内ジャケットのフェラーリの手によるコラージュがまた何だかサンラ感のある広大なスケープ。しばらく愛聴盤になりそう。

←こちらのサイトで買えます。

https://www.meditations.jp/index.php...

笑いが止まらないほど金がない。もしかすると、何か自分をこの世から消去する力が働いて、こうした意向に進んでいるのではないかとさえ思う。特定の誰かの陰謀ならばまだしも…そんなつまんないことに時間を割くヤツはいないと思うので、これは自然の摂理ではないかと思うと、怖いというより先に溜息だけが出る。自分の意思と関係なく屁がブーブー出るみたいに溜息だけが連続して出る。どんどんと精神だけが歪む。肩がやたらと凝る。本当に金がないことだけが人生で一貫していて、なのに自分だけは変わる。歳とって疲れ切って、ただただ疲れだけが残る。しかし、貧しさだけは変わらない。豊かな家系に生まれなかった呪いは、いつまで続くのだろうか。

九月二五日（土）
好きで小説やってんじゃねぇんだよ！　文春から短編依頼きて「倉庫代（三万円）払えなくて切羽詰まってるから前借りさせて」ってお願いしたら無視。じゃあ仕事しねぇよ！　ホント舐めてんなぁ！　ウンザリ！

九月二八日（火）

昨日の昼過ぎ、二回目のワクチンを打ったのだが、その日のうちはさしたる変化もなく…ただ何か体調不良が起こるのでは、という不安で過ごした。友人の十数回忌ということで友人たちと飲んでいたのだが、もちろん自分は飲まなかった。いや、実際には間違って人が飲んでたジンジャー割りを一口だけ飲んでしまったのではある。

帰宅後、前日もあまり寝ていなかったせいもあり、すぐ寝た。異様に元気だけはあり、映画でも自宅で観ようと思っていたが、すぐに寝た。

それでまた夢を観た。

何故かワクチンがドラッグのように作用して、ハイになっていた…という状況が、画のない暗闇で延々と続いた。これじゃ勿体ないと焦っていると、今度はワクチンに関する全米ヒット映画が始まったのである。

何本かのシリーズがあり、その何本目かを観ると観客に幻覚作用をもたらすと評判の作品もあり、どうやらそれをいつの間にか観てしまったらしいのだ。

しかし、その映画の記憶はなく、ひたすらショーのステージ上に自分が立っており、鈴とかやたらと振って、戯けているだけである。ちなみに自分はそのステージの演者ではない。何故ステージにいられるのかはわからない。とにかくラリってハイテンションである。そして興行のヤクザ屋さんたちとも仲がいいし、見知らぬ女性ファンがワラワラと寄ってくる。その会場から出ると、近所に友人の飲み屋が営業しており、何気なく覗くと、店主が元気そうだったので安心する。現実の店舗より遥かに綺麗で広い店で、ちょっと驚いた。

ここでちょっと冷静になって、その幻覚をもたらす映画について調べた。それは人気シリーズで、現代版『バック・トゥ・ザ・フューチャー』シリーズと評価されているらしい。観てしまったはずなのに、まったく画が浮かばない。しかし、こんな問題作を観てしまったのだから、原稿をどこかに書かないと！　と一応焦る。が、そのような問題作ならば、きっと誰も既に観ているだろうから、自分がわざわざ書く必要もないな、と納得。効きは凄いんだけどなぁ、とラリって頷く。そんな夢だった。

起きたら何だかちょっと熱っぽくて、ダルい。とにかく腕が痛い。

一〇月三日（日）

クラリッセ・リスペクトル『星の時』（河出書房新社刊）を読む。視力激減の為、数年ぶりの読書か…いや、仕事では何冊か読んでいるが、本当に視力が悪く、自主的に本を読んだのは久しぶり。毎日、何かは読まなくちゃと焦っていたのだが、ページを目の前に視点が一向に定まらず。もう一生、読書などできないのでは、とさえ思っていたが、どこも薄暗い我が家で唯一明るい風呂場で読了。しかし、そんな状況で読む本がこれとは‼　小説とは如何なるものだったか、という認識が百万光年の彼方に吹き飛んでいく、超絶な一冊。古い知人の志村さんの絶賛により、読むのを決意。これくらいパンチのあるものを読まないと刺激にはならないので、感謝！　以前から持っている『G・Hの受難』も、倉庫から引っ張ってこないと！

一〇月九日（土）

毎日調子悪く、さあ仕事しよう！　と意気込むも、地震で仕事部屋が…しかし、日曜は謎の先輩方のトリオでライブ！　リハに間に合うよう、動きたいです！

《いよいよ明後日10日日曜日！　世界最強のリズムセクション Sly & Robbie ならぬ東京最凶のリズムセクション Inui & Tabbie のデビューにすらならず、西村雄介とのデュオ Inui & Yupin + Hair Stylistics 中原昌也！　結果最凶のトリオだ！　出番は早めの17時！　東高円寺 UFO Club に来て！》

ここのところ目眩が酷い。ちょっと前の、目が悪くて、陽射しが強いと外の段差がわからなくてしょっちゅう転んで頭ぶつけていた時期とは違って、吐き気を催すほどの目眩はないけど、いくら寝ても目眩で疲れて、すぐまた寝てしまう。金のなさすぎる状況で、イヤでも仕事が溜まっているから寝ている余裕はないんだけれど…なんかいい漢方とかないんですかね。

一一月一六日（火）
昨晩、高木完ちゃんの渋谷 contact での還暦祝いに。久しぶりに会う人々多数で感激の嵐でしたが、何よりジブさん！　高校の同級生で隣の席でした！　二十数年ぶりの再会。同じ高校で十上の先輩完ちゃんとの三ショット。いやー、長生きするもんだ。

一二月一一日（土）
モンキーズのマイク・ネスミス Michael Nesmith が亡くなってしまったようだ。特にモンキーズのファンというわけではないが、やっぱりピストルズもカバーした (I'm Not Your) Steppin' Stone が大好きな曲でした。あーそういえば『レポマン』も製作していたし、昔レーザーディスクでモンティ・パイソンみたいな映像作品をリリースしていたな！　あれが今観たい！　って誰が持っているのか…。
最近は Vaporwave がお気に入りと、わけわからんことを発してたそうで。
ご冥福をお祈りします。

一二月一五日（水）
突然、アメリカでのレコーディングが決まり、小型ジェットに乗せられるも、乱気流で気分が悪くなって海上に着陸。しかし、次には空港あるいはモールのような場所をウロウロする。家具屋の広告にデニス・ホッパーが使われていて「アメリカって凄いなぁ」と感心する夢。

二〇二二年

一月二一日（金）

R.I.P. Tom Smith (To Live And Shave In LA)

二〇年以上前にワシントンのクラブで一緒になった。

エフェクターが壊れたというのでディストーションを貸した。

「アルバムを貶された」と笑顔で僕のことを言ってきた。音楽誌（確か remix）でレビュー書いたのを知っていたのだ。「いやいや 1st のほうが良かったって書いただけだよ」とビビって言い返した。別に怒っていなかった。

Facebook にいるのを発見して、すぐに友達になったが、特にやり取りはしなかったけど、同棲しているツレが次に Doris Wishman の研究誌を出すので、書き手は誰がいい？　と聞かれて Tom を推薦した。彼は Doris の晩年のコラボレイターだった。すぐに返事が来て「ＯＫ！　いまはドイツに住んでいて来年は日本にもライブに行きたい。実現したら会うのは二〇年くらい振りだね」と僕のことを覚えてくれていて、とても嬉しかった。

年明けにメールが来て「癌になったので原稿は書けない。とりあえず治ってからだね」と。それから何日もしないうちに亡くなってしまった。

残念としかいいようのないお別れになってしまった。でも、彼がとても優しい人だったのは十分にわかった。ありがとう！　またどこかで再会しましょう。

一月二三日（日）

某悪徳政治家の死去について何も語らないと決めたので、特に何か書く気はないが、ちょっと気になった点があったので、ＦＢ限定で。

知り合いの某翻訳家の方がTwitterで「某悪徳政治家が書いたスパルタ教育の本のおかげで親が厳しくなったが、実際の息子から聞いたらそんな教育は一度もされていない…だから死ね！」と。その御子息にお会いしたことがあるけれど、その方は特に穏やかな印象もあってか、確かにスパルタで育った感じは皆無だった。

それよりも自分の親が、急に家計が悪くなった際（八三年頃）、急激にスパルタ教育に興味を持ち出し、戸塚ヨットスクールの話題ばかりをし始めたのを思い出す。

仕事で知り合った某大学の先生（昆虫の研究で著名……亡くなっている）に相談したところ「そんなダメな子供はヨットスクールに入れるべき」と提言されたらしい。別に家庭内暴力とかしたわけでもなく、ただ単に学力が低いだけなのに。

父親も数年前に亡くなり、今思えば晩年は現在の母親よりは思想的に保守であったけれど、遥かに優しかった。晩年ずっと競馬の予想表をつけていて「これで儲かったら、お前に金をやる」と言われ続けた……死後、母親と姉がその予想表を火葬場に持ってきて「お前が継げ」と言われて手渡されそうになった……元々ギャンブルなどしない（母や姉はギャンブル狂）ので「負を継がすな！」と怒って棺桶に突っ込んだ。イラストレーターだったので、丁寧に書かれた予想表ではあったのだが、躊躇なく遺体と共に燃やした。帰りは親戚一同ただ一人、タクシーに乗せられず歩きで帰った。

しかし、親戚から父の死後、嫌な話を聞いてしまった。

それは某映画監督（左翼系映画人の大家で存命中）に子育ての相談をしたところ「その子は大変な才能を持っているはずだから、何があっても甘やかして金をやって育てるべきだ」と言われたそうな。もうそうだったら、今より性格が悪くなっていた可能性もあるけれど、もっと立派な人間になっていたんじゃないか、と思ったりする。某悪徳政治家までもじゃないけれど。

何をして甘やかされたのか、個人の判断でしかないから何ともいえないけれど、金など（しょうもない私立高校行ったから、それには金がかかってはいるものの）まったくくれなかったし、それどころか過去のアルバムの音源をベランダに出されて雨晒しにされて全部破棄されたりしたことくらいしか思い出せない。いまだに家にある自分の荷物は全部捨てると、会うと鬼のような形相で言われる。

いまさらだが、一番悪いのは貧困なんだろうけど。

というわけで、両親共に某悪徳政治家のことは尊敬していた記憶がある。だから嫌いという理由の根源を再認識した次第。

二月五日（土）
一度も喋ったことないし、どこかでお辞儀したくらいしか接したことないけど、こんな若くして亡くなってしまったのはショックです。受賞作しか読んでいないけど、あれは大変面白い小説だったです。

二月二五日（金）

『傍役グラフィティ――現代アメリカ映画傍役事典』（川本三郎・真淵哲、ブロンズ社刊）を流し読み。子供の頃から「こんな本あったらなぁ」と思っていた名著。資料性があるのかないのか、よくわからないのがこの辺りの映画本の魅力。五人の内の一人くらいしか知らないが、写真と出演作から何となくわかる。そして七〇年代までのアメリカ映画に出ている役者なら大概、ここで名前が出てくるはず。まだこんな名著が買えるのか？　ちなみに川勝さんの遺産から抜きました。この本の日本映画版といえば何？

そういえばティモシー・ケリー（『現金に身体を張れ』のスナイパー）でザッパが音楽担当したというB級映画。根岸さんが日本で公開するって言ってたけど、どうなったんだろう。

三月一六日（水）

明日、小岩 Bushbash でのライブが楽しみで再度。というか金なさ過ぎてCD－Rを持っていくので、ちょっとしたバーゲンやります！

ジョゼフ・ロージー『不審者』“THE PROWLER”@シネマヴェーラ渋谷

以前日本盤DVDで観て以来。これ好きなんだよなぁ、変態不倫ノワールの傑作。ロージーの裏ベスト作……ってロージーなんて殆ど全作裏みたいなものだけど。不審者っていったい誰なんだ？　という謎のシーンが、今回鑑賞したバージョンのラストにはなかったんで拍子抜けしたけれど、やはりそれでも十分変態。変態、変態と連呼しているけど、実際にはエロいのにエロい描写はなし……という意味で相当な変態。ロージーの謎原理が、すでに一九五一年の時点で炸裂。ダルトン・トランボが偽名で脚本らしい。

普段は《ゆっくり不動産》ばかり観て「引っ越したい」「広い部屋に住みたい」という欲求不満を解消させているのだが、同時に二つの車中泊の動画も満遍なく鑑賞している。《らんたむ》の、雪が積もった人気のない場所でばかりの車中泊で飲み食いしているものが美味そうでよい。しかし、このオッサンも鈍臭い感じがプンプンで、滑舌がいいとはいえない垢抜けない風情。車内も清潔とはいえない雑然一歩手前で、調味料や食材でごちゃごちゃ。カワイイもの好きで、巨大なイカのヌイグルミを買ったりという趣味もいい。サーファーたちにムキになったりと、謎な部分も多い。食った後、いちいちサムズアップするのがダサい。

その真反対にいるのが、《ロドリゴ》で、とてもNICE。土砂降りの雨の日に改造ワーゲンで鬱蒼とした雑木林に出かけ、特製デッキの下に隠したお洒落なミニコンロと限られた食材で至極美味そうなお手軽料理を披露。いっさい語らず、本人の姿も登場せず、ひたすら雨音に彩られた自然音（だけでなく調理中の音も）が心地よい。映像のセンスもなかなか。観ていると香り高いコーヒーが飲みたくなる。食材を捏ねる手付きを眺めるだけでもいい感じ。これを観ていると、ああその辺のスーパーで売ってる食材は嫌だ、紀ノ国屋で売ってる海外からの輸入食材がいい！　そういうので作ったサンドイッチが食べてぇ！　とわがまま贅沢が言いたくなる。

三月二〇日（日）
オレは貴方が撮ったようなどうにもならない映画が好きなんだよう！　どうにでも目に見えて優れた評価できる映画なんて嫌いだ！　あと一本、どうしょうもない傑作を撮ってくれ！死ぬなんて、その後でいいんだよ！

三月二五日（金）
《映画監督・青山真治氏が死去、57歳　妻は女優・とよた真帆（デイリースポーツ）Yahoo!ニュース》
変な時間に目が覚めて、ツレにアマプラで何か観るものないかと訊かれて、思わず中平康『当たり屋大将』を薦める。山花茶究が好きなんだ。もうラストシーンの延々と引っ張るシミジミムードしか覚えてないが、大して中平康に思い入れのない自分でも、いい映画だった記憶が。そういや本日昼にお葬式がある某友人に以前、この作品を勧めたものの彼は中平康が自分よりも嫌いだったらしく、観ることすら拒否。いろいろな思い出が立ち上る中、やはり寂しい気分に。うん、今日一日追悼モードで突き進む。喪服も借りた。レコードやＤＶＤをユニオンに売って金作って髪切った。時間ないから、今晩のＵＦＯクラブのライブも喪服で行く。
そんな感じで疲れる一日になりそうだけど頑張る。

三月二六日（土）

青山さんが亡くなった件は、昨日葬式やお別れ呑みで、会うべき人たちと会って語ったし、それがすべてだと思う。十年以上事情があって口をきかなかった友人とも葬儀場で再会。互いの誤解も解け、また以前のように一緒に仕事しようという話になった。それが本当によかった。恐らく青山監督もそれを望んでいただろう。じゃあ彼が死ななきゃそうしなかったのか？　と言われたら困る。生きている間はそんな余計なことはしなかった。いや、それでよかったんだ。ありがとう青山さん。これからもあなたの存在を思い出し、その人生と密着して繋がっている彼が撮った傑作たちも思い出す。それらは自分の人生や作品にずっと反映され続けると思う。

三月二七日（日）

昨晩は支配人にお誘い受けて、キノコホテルを下北沢フラワーロフトで。相変わらずカッコいい演奏とＭＣだったが、会場の異常な狭さにはドン引いた。ライブ後はマリアンヌ氏と旦那、朝生愛さん（何年も会ってないな）の旦那というメンツで「新雪園」。酔っ払って調子良く、馬鹿話から巨大な（ってほどでもない）変態プロジェクトが立ち上がった。それ以前に8月に一緒にライブイベントやるので、よろしくです！　で、いきなり隣の席の人が挨拶してくるから何なんだ?!　と思ったらgojoの亭主。藤井仁子さんらの「青山真治追悼呑み」の三次会だった。全員知り合いで恐縮。これも青山さんの導きによるハプニングだな、と嬉しくなった。

いま青山さんと電話で話す夢を見た。自分は海岸沿いが見える家の二階から、外を眺めている。「ああ、こっちは大丈夫だから」みたいな内容。「じゃあ！」みたいな感じで電話を切ったが、あっちはそれに気づかず、まだ向こうの誰かと話してる。ああ、と思って目が覚めたら YouTube の《らんたいむ》が勝手に流れてて、この内容が意識に混入してきただけだった。どーでもいいけど。とりあえず青山さんとは最後の対話ができたと思っているし、まだまだ別の次元から見守ってくれているという確信は得たよ。単なるオカルト的な話を超越して、いつまでも人間の意思は、この世界の無意味なガラクタに、意味を与えてまで永遠にその存在を表明していくというか。

四月一六日（土）

すみません！　完全泥酔により演奏の記憶なし。多分何も演奏してなかったんだと思います。何もしなかったのが現状に対しての意思だったと。戦争絶対反対！　9条が軽視される愚かな人間世界には、何も求めない。最近亡くなってしまった友人たちと共に、孤独や死を恐れず静かな連帯を求め続けます！　#DOMMUNE

四月二八日（木）

『久下惠生ドラムソロ』＠上野水上音楽堂

アコースティックの演奏がマジカルだなんて言いたくないけど、今日のこの瞬間だけは本当に困り果てるほどだった。凄かったよ！　本当に！　すべてが奇跡の瞬間の連続！　未だに信じられない。来なかった人は反省して！

五月一七日（火）

高柳昌行『デンジャラス』が昨年リリースされていたのを、数日前に初めて知って、慌てて注文。雲の間の光から毒ガスが吹いてきて、世界に充満する音。こんなポンコツで凡庸な終末イメージが、ぜんぜん笑えない現状って何なんだ。ボッシュが描くような化け物すらいない殺風景な場所の脇で、用務員のオジサンの格好の高柳が作業している様子。人災どノイズの嵐。

この扱い難い、中のライナーは誰がデザインしてるんだ！　と半ば怒り気味に見たら佐々木暁くん。以前自分の本の装丁やってくれた。次は自分の本で、どこの棚に置いても周りの本から浮いて置き辛い、そんな装丁を依頼したくなった。

あ、ユニオンで買えばＣＤ－Ｒ付いたのか！　ってもう遅いか。

六月八日（水）

父がかつてサントリーの広告部（サンアド）出身であることが誇りであったが「桜を見る

会」の違法に思われる酒類無料提供には失望した。もうサントリーの酒は飲まない。ウーロン茶も二度と買わない。

六月九日（木）

青山真治『ユリイカ』＠新宿テアトル

公開時以来の鑑賞。当時の世界的評価の高さ故か、自分は意識が高いという思い上がったツッパリ故か、悪くはないがぜんぜん好きになれなかった出世作。今見たら、多分感動の嵐だという予想以上に泣いた。いや、当時と同じく細部に「それはないだろ」と冷静にツッコミつつ、後半は泣いた。こうして「青山真治で一番いい映画だ」と単純に思ってしまうと、即他の作品の価値が下落してしまう。どうしたらいいか、わからない。しかし、このタイミングで観てよかったのかもしれない。さんざっぱら最近YouTubeで観てきた車中泊心霊ビデオじゃないですか！　という偶然も含めて完全なるマスターピース。そんなことを明日、某氏との追悼対談で詳しく話そうと思う。

六月二一日（火）

いま京都駅から東京へ帰ります！

今回の旅はいままでの京都旅行でもベストと思えるほど、いろいろな楽しいことが多かった。初日に久しぶりに行った「ろくでなし」のマスターと楽しく飲めたし、翌日行ったブライアン・イーノ展は最高だったし、夜に友人の店に行けば、そこで会った大学の先生にお酒とちょっとした仕事の話になり、そのあとたまたまいらっしゃったイーノ展の主催の方に酒をいただき、また翌日その先生の画廊に行ったら浅田彰さんと会い、翌日は地点×空間現代の公演『ファッツアー』はブレヒト〜ゴダールを感じさせるアクチュアルさに興奮したし、会場で最近のトーマス・ベルンハルトの訳者の方（やっぱり『石灰工場』新訳出るみたいですよ）とドイツ文学で盛り上がったり……という感じでダラダラと出会いと刺激があった。で、東京に帰る今日、お供えくらいしか量のないタイ料理屋で昼飯食って、ついで中古レコード屋で買い忘れたものが何点かあったので新幹線乗る前に寄ったら「中原さんですよね？」といきなり聞かれて、それがなんと昨年色々あった友人の彼女で、当然本人もいてビックリ。やはりイーノ展を観に来ていた。こんな昼間からレコ屋にいてヒマな人間もいたもんだ、と思ってたら大御所との遭遇。久しぶりに会ったのが京都の中古盤屋だなんて、奇跡の偶然とか、やっぱりあるんだね！例のオリンピックの件の際には「縁を切る」とまで公言していたことを謝罪し「気にしてないよ」と肩をポンと叩いてくれた。何という京都旅行の大団円。ぶーちゃんと記念写真を撮ったが、とりあえずSNSに載せるのはNG。とにかく友人がいるのは何物にも代え難い素晴らしいことだと実感。今晩もまたライブだし、頑張らないと。

はい、無事東京帰ってきました！

今晩は下北沢スプレッドで食中毒センターのレコ発。海外からの某ミュージシャン出演します。

八月四日（木）

《Anal Magic & Rev. Dwight Frizzell / Beyond The Black Crack》

デレク・ベイリーを最初に聴いたのはポール・ラザフォードとバリー・ガイとのトリオ"ISKRA 1903"で、あの頃（八〇年代終わり）の新宿店の地下の Jazz コーナーでは Free 系は凄く安くて、貧乏な高校生であった自分でも買えた。どれも千円しなかったかくらい。Incas と FMP なんかも安かったから狂ったように買った。それらは演奏が出鱈目に聴こえることよりも、何が最高に刺激的だったかというと、ジャズから遠く離れたそれは確実に単なる物音だった。フィールドレコーディングは録音者の意思が宿ってしまうと思える以上に、演奏者は演奏の意思を捨てている。という趣が楽しくて仕方なかった。それが根源となって、いまの自分の音楽の基準になっているのを、こうして再認識している。音が悪けりゃより大胆に音楽が物音化するという事実。この何者が演奏して録音しているのかも判然としないレコード。ＮＷＷリストによってその存在を知り、三十年以上前にＣＤ化されて何度か聴いたが、まるで記憶に残らなかった。こうして数年前にＬＰで再発されたのを中古で発見して、久しぶりに聴いた。いま聴き終えたばかりだが、やっぱり猛烈なまでに何も記憶に残らない……しかしオリジナルは数万から数十万するレア盤。

『静かなる男』＠シネマヴェーラ渋谷
何という幸福な映画。以前一度観ているのに、ここまで素晴らしい作品だったとは！　西部劇でなく舞台がアメリカでもないジョン・ウェインがここまで好人物だとは！　赤毛のモーリン・オハラの魅力もさることながら、全ての登場人物が愛らしい……敵役のウォード・ボンドであっても、愛さずにはいられない。『我が谷は緑なりき』と並んで好きなフォードって、西部劇じゃないからという理由なのを否定したいから、より一層フォードを見なきゃいかんのか。生涯ベストワンの一本というべき作品がまた増えたようだ。

八月一二日（金）
生活保護受けたい。

八月二〇日（土）
自分が現在五十二であるのもぜんぜん信じられないが、こんなにジョン・フォードの作品群に熱くなれるのも居心地が悪いながらも、何だか胸がときめく妙な感じ。最初に観たのは十代頭で『荒野の決闘』を、歌舞伎町のいまはない客席とは反対から投射する変わった劇場で観た。次は多分『ギデオン』を三鷹オスカーで『上海から来た女』などと同時（恐らく三本立てだったが、もう一本は覚えていない）上映で観た。それ以降はビデオやＤＶＤでばかり。時には退屈する瞬間もあったが、それなりに感動し、やっぱり偉大な監督だなーなんて優雅な気分に浸りながらも、そこそこ語れる程度には代表的な作品を消化していたつもりだった。

しかし、シネマヴェーラの特集上映に通うようになってから、フォードの見方が変わった。いまやどれを観ても、恐ろしく激しく感動する。最初に作品を観てから四十年ほど経ったが、いままで何やってたんだ！　と、おのれの愚鈍さに嫌悪する間もなく、フォードの映画ばかり観続ける毎日。いくらほぼ毎日一日三本観ても、まだまだ観ていない作品がある。もはや自分がどれを観たのか、はっきり覚えていないかもしれない不安さえ。しかもフォードばかり観ていると、他の映画を観る気が失せてしまう。ま、無理して『ジュラシック・ワールド』とか曽根中生とかも観ているが（笑）……いまやジョン・ウェインやヘンリー・フォンダ……っていうよりワード・ボンドやステッピン・フェチットが登場しない映画を観ると、何だか寂しくなってくる始末。

もう余生は古いハリウッド映画ばかり貪るものになりそうで、またそれはそれでいいんじゃないか、とは思うのだが。

九月二日（金）
お金がなく、体調も悪く、自宅で横になって蠢いていたが、本日ライブなのに交通費がなく、友人に借りに行った……。
友人も途中で何かの用で使ってしまい金額が半端なので、区の施設の公衆トイレにお腹痛くて寄るついでに、ついユニオンに行ってしまい少し買い物。

Pere Ubu にいたらしい（?·）Robert Bensick という男（まだ生きているのか?·）のコンピレーションに、Sewer Election の地味ノイズ、Friedrich Gulda のピアノインプロを帯付きだから二枚目ダブり、バルバラの『不倫』も帯付きで。後者二枚はどちらも千円以下の数百円。全部で五千円弱。ユニオンのノイズ／アヴァンコーナーはシャンソンとかグルダのクラッシック以外のよくわからないものが捨て値なのが、唯一の良いところ。まあ現在シャンソンなんて聴く人間はアナログなんて買わないって事情なのだろうか。グルダなんて真面目に聴く人はアヴァンには興味ないだろうし。グルダの元々持ってる帯なしは、いずれ誰かにそっとあげてしまおう。

九月三〇日（金）

金ないっていうのに、近所の古本屋で発見した『悲しみは空の彼方へ』。原作なんて邦訳出てたのか！　間違いなくラナ・ターナーの背面とサンドラ・ディーの横顔で一九五九年の日本公開当時の出版であろう（というかタイトルが『模倣の人生』でないし）。安くはなかった二千二百円。最後にマヘリア・ジャクソンが出てこないのはわかっているけど、これを丁寧に読む時が果たしてやってくるのであろうか……。

一〇月一七日（月）

R.I.P. 明石政紀

数日前、気が動転してSNSで追悼してしまいましたが改めて。

明石さんから影響されたものは大きい。ベルリンでも世話になりました。これからも仲良くしてください。またそのときまで、さようなら👋

昨日『夜をぶっとばせ』上映トークで富田監督や相澤虎ちゃんたちと楽しくできたひとときに間髪いれぬまま、明日はゴダール追悼原稿締め切りで、一九日は Dommune の Sun Ra イベント（研究者なども来るのに、何をすればいいというのか……）でのＤＪ、翌日はロフトプラスワンで石井輝男のトークで深夜は Bonobo でＤＪで、翌日また眼の手術という多忙ぶりで頭が混乱。しかし、金はないので疲れて何もせず横になる方向に。いや、打ち合わせで自宅を出た。

一〇月二九日（土）

今日のイベント、幡ヶ谷 Forestlimit にて。

手術直後で目が不自由で、イベントの趣旨が何にも頭に入ってきませんが、よろしく。

今晩は大好きなお友達ソイちゃん（通称ＤＪそいびん）のお誕生会なの！　めでたい‼　だから十一時ごろに神宮前 Bonobo で Master Fuck さんとコラボでライブするの！　来て！

一一月二日（水）

今朝は病院で大きな手術。といっても数秒で終わるというものだが、眼球に思いっきり注射という、どうしても『ゾンゲリア』"Dead & Buried"と『ブギーマン』"Halloween II"のあのシーンしか頭に思い浮かばない地獄絵図。いやいや、現代医学ではそんな急所であっても激痛なわけはないのは十分わかっているつもりなんだけど（痒い！　と感じるくらい）、いくら医師に「動かさないで！　危険です」と注意されたところで却ってギョロギョロと目が泳いでしまう。初手術台ということもあって（ミシンと出会った傘の気分）凄く緊張したが、一応無事に終わった。午前から病院行って、昼食食って帰宅して眼帯外したけれど、特に目が見えるようになったとか、特別な変化はない。腹の調子も驚異的に悪いのに食べたカレーも取り立てて美味いとも感じられず、おまけに所持金も乏しいのに、最後の所持金で『グレートハンティング84』のシングルとニコラス・ローグ『パフォーマンス』の再発ＬＰを買ってしまった……『グレートハンティング』とはいえ『84』だし、クソみたいな内容でクソに近いがクソと言いがたい値段でも「まぁ仕方ない」。諦めもつくが、昔から何度も買おうと思っていた『パフォーマンス』のサントラ（ランディ・ニューマンだのライ・クーダだのジャック・ニッチェだの豪華）は大好きな作品にも関わらず、なんだか煮え切らない印象だった。そう手術から帰宅までの数時間、病院で知らないオバサンと和やかに会話したり、寄った映画館で主演作品（しかもヌードシーン有り）を上映しているのにそこでモギリのバイトしている友人女優からパンフ（主演女優なのにパンフを制作……泣ける、というか誰だかわかってしまう）を頂いたりとホノボノした日常を過ごした、にも関わらず、心は荒み切っていた。自殺願望なんて微塵もないし、通り魔にもなる性格じゃないので、何も自滅的発散にも発展せず、ただため息をつくばかり。

そんなイライラも、何となく一睡すれば、どこかに消えた。
何が原因だったのか、ボンヤリ考えてネットを見ていたら、Twitterで自分をフォローしたという、フォロワーの非常に少ない謎の人物が上げていたスピリチュアル系ブロガーの投稿で納得した。《桜井識子オフィシャルブログ〜さくら識日記》先日、夜に出かける際、玄関先(奥に管理人の掃除道具置き場の物置があって暗い)で何か良からぬものの存在を感じた。邪悪というか変な声が一瞬聴こえた。とはいえそんなものを感じるのは普段なく初めての経験だったので、やっぱり緊張した。まぁ単なる気分だったのなら、その方がいいのだけど。さすがにもうそれはいなくなった、はず。

ここ最近、すごい気になっている人物と音。
《Jerry Hunt / Cantegral Segment 18.17》

一一月五日(土)
金が絶望的にない上に、下痢が三日も止まらず、iPadも壊れて画面が真っ暗に。当分、まともに連絡が取れなくなるので、よろしくです……。

一二月二六日(月)
あてにしてた前借りが不可能になったのから始まって、ここ数ヶ月は本当に金銭的に最悪なことばかりだった。今日あまりにも金がなさすぎて慌てて機材を売り払った。かなり重要なものばかり売った。もう取り返しがつかない。でも仕方ない。最低に惨めな気分の一日だったから。オレの音楽なんかに、誰も期待なんてしてしていないし。

某うらない師（某元レーベルオーナー）にTwitterで予言されていた……。

《中原昌也氏Facebook活動してないみたいふたご座は今結構運気が芳しくない時だから大丈夫かな中原昌也氏⁉（氏とは面識は無し。彼からのリクエストに応じてFBフレンドになってたんだけどね。攻勢が鬱陶しくて勝手に削除）な訳で中原さん、生きていたら『あ行縛りリウィクス』でのお名前使用のご許可を！》

二〇二三年

一月四日（水）

『殺しを呼ぶ卵』@新宿カリテ

正月から全身激痛で三日間寝たきりからの復活でも、死んでもおかしくない朝十時からの上映。確かに整理されている感のする本バージョンより前に観たほうがよかったと言いたい気も。エヴァ・オーリンとかジーナ・ロロブリジーダの神がかりの美しさにはため息。ジャン゠ルイ・トランティニャンを追悼します。

一月五日（木）

やっぱり身体が強烈に痛い。このままだと板みたいに割れてしまうのでは？　と思って無理して外出した。しかしやっぱり体が痛い。今晩は友人パッチアダムスのＤＪ一人会だった。最初はデートリッヒかツァラ・レアンダーのドイツ歌謡で和んでいたが、それが突然何だかよくわからないハウスに変わったのである！　右から左、左から右という流れなら理解するが、これは違う。堂々と上から押し付けられる。このＤＪのせいでしばらく四つ打ちの音楽が聴けなくなってしまった。

一月八日（日）

正直年明けからヤバいです。左肩から心臓までの激痛で、もはや何も思考できず。しかし人間というものは必然があれば簡単に狂気に足を掬われる可能性が。七〇年代にスペースロックばかり録音していた近所のジョー・ミークみたいなジジイが八〇年代に未完のプロレスのプログレファンクアルバムのリマスタをリリースしろと！　身体おかしいです。全然良くならない。

2

ぼくの採点症二〇一一―二〇一四

1 『アンチクライスト』ラース・フォン・トリアー監督

ひとことで言うと「なんじゃこりゃ⁉︎」。日本公開版は局部にボカシが入ってて分かんなくなっちゃってるせいもあるけど、それでなくても『アンチクライスト』はとんでもない映画。ラース・フォン・トリアーのこれまでの作品と較べても、僕にとってはけっこうでかい。

子供が死んでノイローゼになった奥さんがシャルロット・ゲンズブールで、セラピストの旦那がウィレム・デフォー。奥さんの病気の根源と思われる、森の中の「エデン」という小屋に二人で行き、そこで痴話喧嘩みたいな気ちがいじみたことがずーっと続くんですが、たまに動物が訪れたり残虐なことが起こる以外はなんにも起こらないともいえる。パティ・スミス化したシャルロット・ゲンズブールがビミョーな感じで、ウィレム・デフォーはいつものウィレム・デフォー。わけ分かんないのは小屋を訪れる動物が「三人の乞食」とかいって、本物のキツネとシカとカラスなんだけど、キツネが一言だけ台詞をしゃべる。いや、この前、群馬の牧場でウマとイノシシとロバとイヌが仲良くしてるのを見ましたけど、チームワークっていうんですか、『ベイブ』とか動物が演技する映画って面白いですよね。

あー、でもあの「三人の乞食」はよく分かんない。怖いけど妙に愛らしかったりもして。ウィレム・デフォーが夜空を見上げてね、そうするとキツネとシカとカラスの星座が白い線で示されて、デフォーが「いやいや、こんな星座あるわけない」って呟く。あそこは笑えましたけど。

ラース・フォン・トリアーは『リング』を参考にしたみたいなことも言ってて、そういえばシャマランの『ハプニング』を見た時に、これは黒沢（清）さんの『回路』とか見てるなって思った。単純なオマージュとか影響じゃなくて、なんか日本のホラー映画が、彼らの潜在意識に伝染病みたいに侵入してるような……。

あと、デジタルで撮った映画という説得性が感じられましたね。その背後には、『ヴァンダの部屋』のペドロ・コスタの流れがあると思うんだけど、デジタルでも全然いい。フィルムに較べ、これまでのデジタルには闇の深さがなかったでしょう。なんかフィルムの黒にトレーシングペーパー掛けたみたいで。でも今回は闇の先にあるものにまで迫っている。

リアリズムじゃ全然ないですよ。だってアメリカが舞台なのに、まったくアメリカに見えないから。じゃ、寓話的かというと、その意味を一生懸命考えても、分からない。『アンチクライスト』っていうくらいだから、宗教的な寓意があって、非西洋圏の人間には感覚的に理解できないのかもしれないけど。でも、すべての物語は陰謀史観みたいなものだと、僕は考えているんですよ。どんな形の物語であっても、人はそこに何か神みたいな存在がつくり上げたシステムを勝手に見出しちゃって、そうするとそれに否応なくとらわれてしまう。そんな恐怖をつねに感じていて、クリエイトってことは、それに対する反抗だと思うんですよ。理不尽なシステムと闘っていくというか、もしかしたら本当にそんな神や陰謀が存在するかもしれないがゆえに、抵抗せざるをえないというか。『アンチクライスト』を見て、そんな意味を受け取ったって感じですかね。誤読かもしれないけど。

2　『トスカーナの贋作』アッバス・キアロスタミ監督

この冬は酷い風邪を引いて咳と悪寒が止まず、知り合いから酷い仕打ちも受け、かなり精神的にまいってます。映画館に行っても、酷い映画ばかり。『バーレスク』なんて衝撃的ですらある。クラブが舞台なんだから屋内の空間をちゃんと描かなきゃいけないのに、そんな見せ方は全然なし。最近の映画にありがちな画《え》のインパクトだけで、もううんざり。クリスティーナ・アギレラはすっぴんだと可愛いのに化粧をするとドブスって、どういうことですか。気が狂いそうだ。10点。

『トロン：レガシー』は最初の『トロン』が大好きだったんで行ってみたらあまりの面白くなさで、それを確認するためだけに2度観てしまった。今時『2001年宇宙の旅』の真似したり、『スター・ウォーズ』みたいなチャンバラやったり……。30点。

キアロスタミの新作は、そんなのとは比べものにならないですよ。でも、最初に言ったような酷い状態で観てしまったので……。いや、大変なことやってるなっていうのはよく分かるんで点数は90点なんですけど。

舞台はイタリア、本物と贋作についての本を書いたイギリスの作家の講演を、ギャラリーやってるジュリエット・ビノシュが子連れで聞きに来てるんですよ。初対面だったはずのこの二人が、ぼくが風邪でうとうとしてるうちに、昔からの夫婦みたいに設定が変わったような感じで……。虚と実のない交ぜっていうのはキアロスタミ映画全体のテーマですよね。素人を起用して一見ドキュメンタリー的でありながら、長嶋風に言うとしっかりメイク・ミラクルしてるという。今回の『トスカーナの贋作』は母国イランを離れてイタリアで、しかもスター女優を使った劇映画としてさらりと撮ってみせてるのがすごい。オリジナル脚本もキアロスタミが書いてるんですね。ルネサンスからウォーホルまで古今の西洋文化の話題なんかを普通に違和感なく盛り込んでいて、それをイラン人監督が、って言うと差別になるけど、そこにはやっぱり感動しますよ。

二人の人物が喋っているのをパッパパッパ切り返すのなんか、これまでのキアロスタミにはなかったんじゃないですか。それがまた真正面なんで妙に居心地が悪いんですけど、そもそも切り返しって、本当は向かい合って会話なんかしてなくて、それぞれカメラに向かって話してるだけという映画のお約束がよく分かる。

作家役のロマンスグレーのおじさんがジュリエット・ビノシュと並んでも遜色のない存在感で、いい役者だなと思ったら、ウィリアム・シメルという有名なオペラ歌手らしい。ジュリエット・ビノシュには関心ないです。どっちかというとカラックスの『汚れた血』で彼女と共演してたジュリー・デルピーが好きなんですが、そういえば『トスカーナの贋作』のプレス資料ではロッセリーニの『イタリア旅行』やアラン・レネの『去年マリエンバートで』を引き合いに出してるけど、それよりデルピーが主演したリチャード・リンクレイターの『ビフォア・サンセット』に似てるんじゃないの。アメリカの新進作家役のイーサン・ホークがパリの本屋で読者との集いをやってて、デルピーと再会するんですよ。あとは二人がその辺を歩きながら喋り続けるのを、カメラが張り付いて撮るという映画。

でも、『トスカーナの贋作』で描かれてる夫婦みたいな関係は、ぼくにはよく分からないですよ。こっちは身寄りのない独身男性の極みなんで。

3 『ヒア アフター』クリント・イーストウッド監督

いやー、びっくりした。イーストウッドなら、もはや何をやっても驚きませんが——アカデミー賞監督のくせにB級っぽい映画を平気で撮るし、ジャンルや興行の規模を意識しないで自然につくれる何かがあると思うんですけど、それにしても『ヒア アフター』には驚いた。これだけのキャリアがある人なのに全然おさまってないというか、まだまだいろんな可能性を秘めているというか、宣伝で渡辺謙が言ってる「大人の映画」なんかじゃ全然なくて、ともかくこれまで観たことのないような映画。

別々の場所に住む3人が出てきて、なんか死後の世界ってあるみたいだよーって話なんです。一人目は津波で死にかけたフランスの女のジャーナリスト。マット・デイモンは死後の世界が見えて、霊媒的なことが出来る役。特殊能力のあるマット・デイモンって、これで何本目ですか！　いい加減にしてくれって感じですけど、その特殊な才能のせいでまともな生活が営めず、サンフランシスコで肉体労働をしている。才能のあるなしはさておき自分の今の境遇のようで同情してしまいますが、特に女性関係に悩んでるらしく、そこもなんかシンクロしてね……「なかったことにして」って言われたばかりだったもんで、ハハハ。3人目は、交通事故で死んだ双子の兄に会いたがってるイギリスの男の子。この三者がちょっとだけ交差して、運命の巡り合わせみたいなのはあるものの特にドラマはなく、だからなんなんだっていう話ですけど、でもこれが面白い。95点。

これまでのイーストウッドの映画にも超自然的要素がなかったわけじゃなくて、『荒野のストレンジャー』なんか幽霊のガンマンが主人公みたいな映画だったでしょう。それにしても、今回はぼく的にいろいろ考えさせられましたよ。死後の世界の存在が明確になると、ホラー映画は大きく変わるだろうってことは前から考えてましたけど。いくら残虐に殺されたって、あの世があるんだったら、ちょっと痛いだけの話だろう、とか。あと、物語って何もないところに関係性を見出すってことじゃないですか。物語を形成するものを突き詰めて考えると、必然的にオカルト的テーマにつながっていくような気もするし……。

’70〜’80年代にはタカ派のように思われてきたイーストウッドが、この10年くらいでまったく変わって来たでしょう。「自分さえよければ……」という考え方がまかり通る現代では、歴史も国家も民族もイデオロギーも信じるに足らない、そういう地平で映画をつくらなきゃいけないという強い意識を感じますね。信じてきたものが全部崩壊してしまったってことは、最近のイーストウッドの映画を観てると特に思います。’80年代の『ハートブレイク・リッジ』の鬼軍曹は、そんなこと一瞬たりとも考えてませんでしたよ。とにかく歴史・国家・民族・イデオロギーを放棄しないことには話にならない。いまの映画に満ちている無意識レベルでの経済至上主義に対抗するには、そういう闘い方しかない。だからこそ、イーストウッドの映画はいま一番観る価値のある映画なんです。

今月はあと、『ソーシャル・ネットワーク』が面白かった。構成がすごい巧みで、語り口はキューブリックとスコセッシのいいとこどりみたいですけど、からっぽな世界をさらりと描いていた。まぁ、やな映画ですけど。85点。『アンストッパブル』はいかにもトニー・スコットという小賢しいところはあってもシンプルな映画で、ＣＧに頼らずうまくまとめていた。85点。『グリーン・ホーネット』の監督は今生きてる監督の中で一番嫌い。ずうずうしく間抜けな主人公もウザさで貫かれていて、早く死ねばいいのにと思って観てたのに、死なないんだな。最低。20点。室内でカトーと喧嘩するところは『ピンクパンサー』みたいだったけど、だからどうだというわけでもない。

4 『ファンタスティック Mr. FOX』ウェス・アンダーソン監督

今回は無条件に楽しかったですね。観てる間じゅう嬉しくてしょうがなかった。ぼくにとって『ファンタスティック Mr. FOX』は、ウェス・アンダーソンの映画だとか関係ない、原作のロアルド・ダールなんですよ。

子供の頃、『チョコレート工場の秘密』が相当好きだったんです。母親が他のは買ってくれなかったんで、今回の原作の『すばらしき父さん狐』は読んでないですけど。10歳くらいの時かな、『チョコレート工場』にはまったのとどっちが先か、ごちゃごちゃになってますが、ロアルド・ダールのテレビ・シリーズをやってたんですね。12チャンネルの夜中とかに。『ヒッチコック劇場』みたいに本人が出てきて喋ってました。夏だろうといつだろうと暖炉の前で。そこで観たドラマが根強く刷り込まれている。たとえば――冷凍した骨付き肉で旦那を殴り殺した奥さんが、第一発見者のふりして通報するんですよ。駆けつけた警察が凶器を捜しても見つからない。そのうち奥さんが、夜食をどうぞとか言って、焼いた肉をふるまうわけです。刑事たちはそれを食いながら、「凶器はきっと近くにあるはずだが……」と。そういうのがすごい好きでしたね。

大体『チョコレート工場』だってブラックな話でしょう。子供向けと称しながら実は大人向けというのが、小さい時から好きだった。でも最近は本当に幼稚なものしかないですよ。そんなのが児童向けとしてまかり通ってるから、今の子はろくな人間にならない。まぁ、ロアルド・ダールで育ってもこの程度なんですが……。

ついでに言うと、ティム・バートンが監督した『チョコレート工場』はひどかった。犯罪的としか言いようがない。初めてティム・バートンに怒りを感じましたね。ジーン・ワイルダーが出てた最初の映画版は名作でした。ウンパ・ルンパの歌とか最高、ほんとに素晴らしい。

『ファンタスティック Mr. FOX』は『チョコレート工場』ほどブラックではなく、結婚後おとなしくなっていた父さん狐が狩りの本能を復活させ、あこぎな農場主3人と戦うという話。ストップモーション・アニメなんですが、撮影監督に『ウォレスとグルミット』シリーズの人をもってきたりしてて、プロデューサー的には安全な企画ですよね。声優は観終わってから知ったんだけど、ジェイソン・シュワルツマン、ビル・マーレイ、オーウェン・ウィルソンとか、いつものアンダーソン組に加え、狐夫妻がジョージ・クルーニーとメリル・ストリープって、歳の差いくつだ⁉（編集部注＝ストリープが12歳上）

「デイビー・クロケットの歌」からストーンズ、「オールマン・リバー」まで、いろんな曲を使ってるのがウェス・アンダーソンっぽいと言えば言えますが、特別なことはやってない。人間の世界と動物の世界が一緒になってるから、辻褄が合わなくなりそうな部分もありましたけど、そんなことはいいんです。85点。シネコンに掛かる10本の映画がみんなこんなだったら何の文句もない。

今月は他にほとんど観てないなぁ。ベン・アフレック監督主演の『ザ・タウン』は悪い映画じゃないんだけど、長くて後半だれる。70点。俳優が監督した映画ってことで言うと、去年観たドリュー・バリモアの『ローラーガールズ・ダイアリー』がずっとよかった。100点つけてもいいくらい。他に新作では、『ウォール・ストリート』のマイケル・ダグラスが晩年だなーって言うか、カーク・ダグラスそっくりになっててね。たまたま次の日、飲み屋で20年以上前の『ブラック・レイン』が流れてて、その時点では親父に全然似てないんです。最近あれでしょ、前妻に訴えられたり喉頭癌で死にそうになったり、苦労してるんですよ。映画自体も感傷的でどうかと思ったけど、観終わると、そうしたことがじわじわ来た。マイケル・ダグラスへの同情票ってことで、これも85点。

5 『日本暗殺秘録』中島貞夫監督

震災の後、イーストウッドの『ヒア アフター』が上映中止になりましたが、おかしいでしょう！　津波で臨死体験した人や交通事故で兄を亡くした子供が辛さを克服する話なんだから、むしろ今こそ観られるべきです。

しかし、映画館自体、夜の上映がなかったりで、ここのところ間違った映画を観るような余裕もない。アピチャッポン・ウィーラセタクンの『ブンミおじさんの森』はよかったですね。おじさんの死んだ妻や猿の精霊になった息子が普通に登場して、わけの分からないところが面白い。曖昧さとファンタジーは相容れないはずなのに、曖昧であることがファンタジーになっている。90点。カサヴェテスとピーター・フォーク共演の『マイキー&ニッキー』も90点。カサヴェテスの監督作より、もうちょっとドラマがあって、分かりやすいカサヴェテスというか。'76年の映画で、監督のイレイン・メイは日本ではあんまりちゃんと紹介されてない人ですが、ピーター・フォークの自伝読んだら、この映画のことだけじゃなく、一緒に食事した話なんかも出てくる。

ずっと観たかった中島貞夫の『日本暗殺秘録』('69)が、ようやくDVDになりました。若い頃は東映の映画を下世話に思い過ぎたところがあって、でも、いま観ると大衆的であり、かつ正しい視点で描かれている。ヤクザとかの世界に国粋っぽい臭いがしたんでしょうけど、基本的にはアナーキズムなんですよね。中島貞夫は全部そう、特にこの映画は脚本が笠原和夫(代表作は『仁義なき戦い』シリーズ)と共同ってこともあるのかもしれない。桜田門外の変に始まり、二・二六事件とか実際にあったいろんな暗殺を大なり小なり題材にしていて、右寄りと思われてもしょうがないのに、実際に観るとそういうことはなく、思想的に絶妙なバランスがとられている。すぐれた映画ってバランスだと思うんですよ。時代をおいて観た時にも成立する、バランス。

もっと短いかと思ってたら、オールスターキャストで142分の大作だった。オールスターで陰惨なことばっかりやるんだから(笑)。最初はいろんな暗殺事件が次々と描かれ、こんなコントみたいのが最後まで続くのかと心配したら、さすがに違いましたね。血盟団に入って暗殺者となる千葉真一の話が中心で、この千葉ちゃんはじめ、田宮二郎とか若山富三郎とか、昔のいい役者が揃ってる。いつも悪い役の小池朝雄が普通の役ってのも珍しい。90点。

同じ中島貞夫でまだ観てなかった『狂った野獣』('76)、『ジーンズ・ブルース　明日なき無頼派』('74)

も同時にDVD化され、どれも面白かった。点数は85点と80点かな。渡瀬恒彦が両方に出てて、あんまり好きな役者じゃなかったんだけど、これを観たら好きになった。『明日なき無頼派』は無理やりつくったアメリカン・ニューシネマって感じもしますけど、梶芽衣子は本当に綺麗だし、内田良平、室田日出男、拓ボン（川谷拓三）もいい。やたらと血が流れて人が死ぬこんなバイオレンス・アクション、いまなんでないんですかねー。くそつまんねぇなー。

『狂った野獣』と『明日なき無頼派』には、お金や宝石を見ると目の色を変えて群がる人たちが出て来る。自分は地震の被害にあってないのに買占めする奴らみたいな、人間のエグイところをズバリ見せている。権力構造の中でそういうふうに生きさせられている人たち。根本の問題が権力とかシステムにあると気づかず、貧しい者同士で醜く奪い合い、殺し合う人たち。と同時に、カーチェイスでパトカーがゴロゴロ転がり、警察官がバリバリ殺されるんでスカッとはしますよね。庶民的であることがイコール反権力という時代が昔あった。いつからそういう世の中じゃなくなったんでしょう。いや、そうじゃないといけないという気も別にしないんですが、今はあまりにもそんな雰囲気がなさすぎるんで。

6　『東京公園』青山真治監督・脚本

傑作です！　僕は『ユリイカ』とか、いかにも青山真治らしい評価の高い映画より、ひとが駄目と言うやつの方に思い入れがあって、『シェイディー・グローヴ』とか『EM／エンバーミング』とか『月の砂漠』とかが好きなんですけど、でも今回は青山さんらしい映画と失敗してて面白い映画と、そのふたつのパターンとはまた違う、ほんとに抑えがきいたウェルメイドな感じに出来ててびっくりした。

すべての役者の演じるキャラクターが興味深くてよかったですね。姐御っぽい感じの小西真奈美は今まで一番生き生きとしてて、ゲイのマスター役の宇梶剛士はもうちょっと掘り下げてほしかったような気も……いや、でもどの人も嫌いになれないというか、役者っぽさとかないし。三浦春馬って人は人気あるんですか？　初めて見ましたけど。彼がカメラマン志望の学生で、公園でいろんな人の写真を撮ってたら、アルマーニ着た歯医者に、ある子連れの女の写真をこっそり撮るよう依頼される、っていうのが話の発端なんですが、物語や人物の関係がすぐ分かるようには描いてなくて、見ていくうちにそれぞれの人となりが、だんだん分かってくる。そんな人間のふれあいによって生じるアンサンブルみたいなものでしか人間讃歌はなしえない。でも、今の映画のほとんどはその真逆でしょう。最初から説明ばっかり。ポール・ヴァーホーヴェンみたいに「これはこんな世界です！」って無理やり説明しちゃう、乱暴かつ人を馬鹿にしたようなやり方もありますけど（笑）。台詞で状況やキャラクターを説明することほど愚かなことはないってのが、シナリオの基本だったと思うんですけどね。決まりきったキャラクターが始めっから用意されてるのなんか物語ともいえないし、どうでもいいものだと、この『東京公園』を観て再認識しました。貧乏臭さもないし、これからつくられる日本映画はこういうことでいいんだと。点数は１００点に近い95点。

予備知識なしに観てもらいたいから具体的なことは言えませんが、小西の入った風呂に、自分も後で入るかもしれないって暗示するシーンがあったり、ラブシーンを何であんなにいやらしく写すんですかって監督に言ったら、「そんなこと考えるのは俺と君くらいしかいねーよ」って、ハハハハ。井川遥の扱い方にも変態性を感じました。人妻を覗き見したいっていう、変態的な願望が出ているような（笑）、気がしますね。

あと、劇中劇のゾンビ映画は、監督、ほんとにやる気あんのって感じで。プレス資料には「いつも以上にカット割りのプランを完璧に練り」ってあるけど、ギャグみたい、どうなんすか？　そうそう、三浦くんの住んでる木造の日本家屋もいい感じで、あんなとこに住んでみたいものだなーと思いました。

劇場で観たのでは、『キラー・インサイド・ミー』の最後がスカッとしましたね。それまで時間をかけて積み重ねてきたものを一気に解放するような惨劇で（『冷たい熱帯魚』にはそれが欠けていた）。主人公はなんだかよく分からないけど明らかに気がふれた人物なのに、観てると引き込まれていく。登場人物が共感できる人間である必要は全然ないんですよ。壊れたジェットコースターが勝手に走っていって脱線するのを眺めるのも、エンターテインメントのひとつであると思いますね。シャブロルの『引き裂かれた女』はいやらしいとこがよかったけど、これもやっぱり、誰がなんだかよく分からないまま、気が付けば物語が始まっているという映画。どっちも95点。それに対して『エンジェル ウォーズ』はほんとにひどい。もはや説明さえ放棄したオタク的世界。たとえばゾンビ映画でも、蘇った死人が人を襲って肉を喰うとか、そういう出来上がった設定に寄っかかって事足れりというのは否定したいんですね。世界観が馴れ合いで存在しているような映画は大嫌い。その馴れ合いの中でひとつの目的に向かって進むだけってのは、つまらないからもうなんとかしてほしい。でもこの映画は最初から駄目と分かっていて観に行ったぶん、「死ね！」とか言えなくて弱った。がっかりも出来ないし。65点。

7 『怒りの山河』ジョナサン・デミ監督

最近なかなか試写に行けず……。今月は20世紀フォックスの「リクエスト・ライブラリー」シリーズで同時発売された旧作のＤＶＤ４本でいいですか。

ジョナサン・デミの『怒りの山河』（'76）には熱くなりましたよ。発電所を作るため、土地買収に応じない牧場主たちの命まで奪う悪党どものところに、ピーター・フォンダがアーチェリーを持って殴り込み、皆殺しにする。積もった念が一気に解放される任侠映画のパターンで、この前自殺した池田敏春監督の『人魚伝説』（'84）も同じ頃にＤＶＤで観なおしたら、重なるところがすごくあった。これがまた、夫を原発推進派に殺された白都真理が、血みどろになって敵を殺しまくるという、今こそ観られるべき映画なんです。結局、どいつもこいつも何の責任もとらず、自分たちの金だけ持って逃げるんだろう。そいつらを殺しても罪にならないアーチェリーがあるなら、俺もほしい。殺しに行きたい。東電、自民党を始めとする奴らが次から次にブチ殺される、そういう映画が観てみたい。ジヨナサン・デミは基本的に色がなく、ソツもない監督ですが（『羊たちの沈黙』など）、『怒りの山河』の頃はけっこう雑で、でもこういうのは大好き。90点。

ダグラス・ヒコックスの『スカイ・ライダーズ』（'76）も90点。ロバート・カルプ、スザンナ・ヨーク、シャルル・アズナヴールと、いい役者がそろっていて、特にジェームズ・コバーンはホントいい！　こんな人は他にいない。もうどの出演作もジェームズ・コバーン本人の役ってことでいいんじゃないですか。スザンナ・ヨークと子供が誘拐され、ギリシアのとんがった岩山の上の修道院（世界遺産のメテオラ）に閉じ込められてて、コバーンがハンググライダーで救出に行くんですが、ドアが開きしなに監視役の女テロリストをブン殴る。マジで女の人をブン殴ってる感じで痛快、胸がスッとする一番の見どころ。って、ひどいね（笑）。

「心理ホラーの名作」とパッケージにある『悪を呼ぶ少年』（'72）は、町山（智浩）さんの『トラウマ映画館』に載っててもおかしくないけど、ぼくはこういう映画、意外と苦手なんですよ。主役の双子の男の子が登場する場面でズルイ描き方がされていて、のれなかった。監督は『アラバマ物語』のロバート・マリガン。75点。

4本の中では、マーク・ライデルの『シンデレラ・リバティー』（'73）だけ観たことがなかった。わりといい映画でしたが、ちょっと尻すぼみ。ジェームズ・カーンは好きですけど、他の映画と違ってヌボーっとしてるだけ。イーライ・ウォラック（『続・夕陽のガンマン』の主役3人のうち卑劣な奴、最近では『ウォール・ストリート』にも出てた）はよくて、今の映画に比べりゃ面白い。80点。

しかし、この4本、'70年代っていう以外に、どんな共通性があるんだか。でも、出たら全部買っちゃう。昔の名画座でも、ジャンル無視で映画がゴロゴロ並んでたとこみたいに、観たくもない映画をついでに観ちゃうという経験は、今やこういうかたちでしか味わえないですね。好きなものしか観ないんじゃ、つまらない。必然性のない組み合わせが必要なんですよ。

劇場公開作では『ブラック・スワン』があざとくて、ちょっとひどいと思った。ラストの「白鳥の湖」がギャグにしか見えず、ただのお笑いじゃないかと。退屈はしなかったけど、主役より彼女の座を狙ってるらしき代理のダンサーの方が全然いい女というのも最後まで気になり……65点。『富江　アンリミテッド』も65点。金がないのはしょうがないけど、もっと面白い描き方できなかったの？　最初に幼稚な話が続いたかと思えば最後は屈折しまくりで、だから何って。死んでも死なない富江自体、前回言ったゾンビ映画みたいに無理やりな設定によっかかってるだけで、そんなのホラーじゃないし、中途半端なドタバタでしかない。最低。富江役の仲村みうは最高！

8　『ナッシュビル』ロバート・アルトマン監督

今月も'70年代の映画ですみません。新しい映画にはホント絶望してます。観る気がしない。それでも、大音量で物が爆発するような映画を夜中に一人で観たいと思い、『スカイライン──征服』に行ったら、すげぇスケールがちっちゃくて。白人カップルが昔の友達の黒人に呼び出され、高層マンションの部屋で乱痴気パーティーやった翌朝、宇宙人が攻めて来てドン引くという、ただそれだけ。マンションの中でワーキャーうろうろしてるだけなんですよ。一体なにがしたいんだか。点数は50点。

『SUPER8／スーパーエイト』はもっとひどい。『E.T.』と『スタンド・バイ・ミー』の感動再び、みたいな宣伝してますけど、ひと、殺しまくりですよ！　まぁ、それはかまわないんですけど、8ミリ映画を撮ってる主人公のオタクっぽい少年がヒロインとすぐデキちゃうのも安易だし、全体にオタクのぬるーい自己肯定が気持ち悪くて。そういうので商売になってる現状にもあきれる。映画へのオマージュという名の出がらしですよ。勘弁して。40点。

で、アルトマンの『ナッシュビル』。'75年の映画ですけど、子供の頃にテレビで初めて観て憶えてるのは、盛り上がった奴らに歌手志望の女がストリップ・ショーをさせられる悲惨なシーン。いや、それはともかく、アルトマンの群像劇の中ではいちばん成功してる作品じゃないですか。点数は95点。

アルトマンの群像劇といっても、エリオット・グールドとドナルド・サザーランドが中心となる『M★A★S★H』（'70）は夜中に無性に観たくなる時がありますが、『ウエディング』（'78）はあんまり好きじゃないんですよね。嫌いじゃないいんだけど、'80年代以降のアルトマンはさらに好きになれない。どうしてって？　エリオット・グールドが出てないからですよ（『ナッシュビル』にはカメオ出演）。多分。

アルトマンの映画って、ぐだぐだな人に付き合わされたなーっていうような、ものすごいリアルな体験としてある。起承転結とか、そんなことはもう全部とろけちゃったような。『ナッシュビル』は160分の長尺ですが、もっと長くたっていい。それに付き合うのがアルトマンを観る醍醐味なんですよ。

ストーリーはあってないようなもので、カントリー&ウェスタンのフェスティバルがナッシュビルであり、それに大統領候補のキャンペーンがからんで、あとはだらーっと、人々が出てきて何やらやってる感じ。最後にキビしい締めはありますが。基本的に音楽映画で、その歌も演奏も、役者たちが自分でやってるのがいいんです。

これを久々に観た時に思い出したのは、ジャック・タチの『プレイタイム』（'67）だった。あっちは街ごと全部セットでつくった人工的な世界ですけど、人物の扱い方が似てるんですよ。広い土地にたくさんの人を放し飼いにしとく、みたいな。誰もそんなこと思わないでしょうけど、アルトマンはきっとあの映画を観てんじゃないか、意識したんじゃないかって気がしますね。

アルトマンのフィルモグラフィーには、『三人の女』（'77）あたりまでダークなものがあって、それが後半に消えちゃうんですよ。でも、'85年の日本未公開作『突撃！　O・Cとスティッグス／お笑い黙示録』とかは、くっだらない映画でほんと面白いんですけど。隣の一家がすごい馬鹿で、それを一生懸命からかうという。もー、こんなシナリオでよく映画つくるなって（笑）。なんか、今回の僕の話もぐだぐだですけど……再ブレイクした『ザ・プレイヤー』（'92）も全然駄目で、『今宵、フィッツジェラルド劇場で』（'06）でやっとまたぐだぐだになったと思ったら遺作になっちゃった。いい頃のアルトマンは、時代のせいかもしれませんが、ダークな要素がぐだぐだしたところを引き締めるみたいな、ある種のメリハリがあったと思う。

作り手の主観によって一本の道を辿らせる小説のような表現とはまったく違う、映画しか出来ない表現をアルトマンはやってますよね。さっきも言いましたけど、広い土地で放牧するというか、扱ってる世界と登場人物に対する作り手の突き放したクールさに僕は興味があって、映画を観てしまうわけですが、そんな自由さが今はあんまり尊重されない。

9 『ピラニア3D』アレクサンドル・アジャ監督

いやー、『ピラニア3D』、素晴らしい映画ですね！ 上映中、泣きました。ハハハ、ひたすら低俗で素晴らしかったです。誰にも媚びてない。ただただ、やるべきことをやってただけ。とにかく全編、肉片とオッパイばっかりで。3Dもよく飛び出してましたね。飛び出し過ぎるのも規制されてるんでしょ、いま。知らないですか？ そういう上からのお達しがあるらしいですよ。

ストーリーはまさにジャンル映画ならではの分かりきったもので、「ずぶ濡れ透け透けTシャツコンテスト」とかで若い奴らが盛り上がってる湖の下にさらに地底湖があり、そこに棲息する太古のピラニアが、地割れで大量に上がって来る。ジョー・ダンテの『ピラニア』（'78）に比べて何の意外性もないですけど、とにかく素晴らしかったです。全裸のオネーチャン二人の水中遊泳なんか、もうほんとに素晴らしい。あれだけで2時間あっていい。プレイメイトでもないのにバンバン脱いでくれるこの人たちも素晴らしい。大拍手ですね。こんな映画が観たくてしょうがなかったんです。本当に素晴らしいひと時でしたよ。これに比べると、最近の映画がどれぐらい酷いかってことですよ。心の琴線にちっとも触れない、くだらない映画ばっか。

監督はアレクサンドル・アジャというフランス人で、あんまり好きな人じゃなかったですけど、これまでのも大体は観てて、たぶん今回が一番ウェルメイドだと思いますよ。的確でしたね。欲を言えば、89分って上映時間はいいんですけど、語り口にもうちょっと余裕があればよかったですね。ピラニアだらけの船から逃げるアイディアにしても、予定調和にスルスルはまっちゃうところが少しあり……なんてことを考えさせないくらい、オッパイと血がガンガン出てくるんで、ほんとにもう観てて楽しいなーとしか。若い奴らが襲われる場面は相当陰惨ですけどね。あの惨事はほんとに酷い、ハハハハ。あんまり酷くて、逆にほっこりした気持ちになりましたよ。

冒頭にリチャード・ドレイファスが『JAWS／ジョーズ』（'75）で演じたのと同じ人という設定で登場する。あと、クリストファー・ロイドとかね、ちょっと懐かしい人が出てくる。ポルノビデオの撮影クルーの船に、湖の案内役として同乗する男の子はスティーヴ・マックイーンの孫ということですが、しょせん孫は孫だなぁという感じ。ほどよく童貞っぽいキャラはよかったですけどね。

この映画は低俗だけど、俗悪ではない。ある種の道徳観があるんですよ、じつは。たとえば、欲深い人は死ぬ羽目になるとか。東電の誰も罰せられない現実の世の中より、よっぽど道徳的にちゃんとしてますよ。それははっきり言いたいですね。現実世界の権力の横暴さのほうがよっぽど有害だって。

と言いながら、その欲っていうか、その低俗さにまみれている登場人物たちの面白さとか、さらにそれを観て喜ぶ自分っていうのもあって、そういうアンビヴァレントな感じが、この種の映画の面白さ、素晴らしさですね。

映画としては分かりやすいんだけど、でもそこら辺がけっこう複雑だと思うんですよ。道徳観は確かに必要だけど、それと同時に、映画の、頭の中の世界では、そんなのなくたって全くかまわない。そういうギリギリのところまで連れてってくれるのは、やっぱりこういう映画しかない訳ですよ。世界にこういう映画のないことが、一番の問題なんですよ。それは絶対間違ってることなんですよ。そういうことを骨の髄まで、久々に再認識させられました。本当に素晴らしい、感動すらしました。点数は98点！　あ、5点刻みだから、100点に近い95点か。いいですよねー、素晴らしいなー。こんな映画もっとあったら、「こんなのくだらねーよ」とか言って、まともな映画もっと観る気になるのに。ところで今、まともな映画って何かあるんですかね。

10 『猿の惑星：創世記《ジェネシス》』ルパート・ワイアット監督

昔の『猿の惑星』シリーズ（'68〜'73）には全然思い入れがなく、どーしたもんだかと思って試写に行ったんですが、これがけっこう面白かった。リメイクとは違い、時間的に遡る話を描く映画としては、『回転』（'61／原作はヘンリー・ジェームズ『ねじの回転』）の前の話という設定の『妖精たちの森』（'71）がありましたけど、マーロン・ブランドの出たやつね。それよりもクリス・マルケルの『ラ・ジュテ』（'62）から、テリー・ギリアムが『12モンキーズ』（'95）をつくったのに近いニュアンスかな……。

　とにかくCGがよく出来てて、主人公がどう見たって本物の猿にもかかわらず、キャラ立ちしている。新しい技術でそういうことが獲得できたんでしょうけど、前の作品よりぐっとエモーショナルなものになりましたね。

　最後の方はホントすごかったです。クライマックスはゴールデンゲートブリッジでの暴動なんですが、猿の暴動ということで考えられることは全て盛り込んであり、こっちも「ウンッ！」とか言って、いちいち唸ってましたね。熱いものがありましたよ。感動を誘いますね。猿の暴動シーン、もっともっと見せてもよかったんじゃないかな。今だからこそ求められてた映画のような気がします。テレビが韓国寄りだとか言ってデモしてる場合じゃない。既得権だけで世の中まわってるってことが露呈しているにもかかわらず、まだ開き直ろうとする奴らに支配され、システムみたいなものの監獄に入れられている我々も、やっぱり一斉蜂起すべきだと思いました。イデオロギー、関係なくね。この映画はそういうことだと思いましたけど！

　原作は寓話みたいな感じで書かれたフランスの小説なのに、ハリウッドでSF超大作になり、やがて何十年も経て新しく再生され……原作、読んでないですけどね、ハハハ。オリジナルから考えるとそういう感慨深さもあって、もとは人種問題とかを扱ってたんでしょうが、今はそれよりも、人を互いに憎ませたり争わせたりするシステムの中にみんな閉じ込められているだけってことに早く気付かねばという話なんじゃないかと。

アルツハイマーの新薬開発の過程で進化した猿が生まれるんですけど、それに携わる科学者の父親がジョン・リスゴー。ひさしぶりに見たと思ったらぼけ老人の役で、ちょっとしみじみしたものがありました。あと、細かいとこはけっこう笑える。科学者親子の隣の家のオヤジが、やたらキレやすいっていうキャラ設定が謎で。実はそれが話のキーポイントになってるんですけどね。いや、でも笑っちゃいますよ、猿があまりにも強くて。ラストは微妙かなー。暴力でしか答えは出ないのだということをよしとするかどうかの答えを、あえて避けているという点で。猿が出てくるとこ以外は、しょぼいとこもあるんですけど……でも、人間以外のものに熱くなったのは久々ですね。脱人間っつーか、脱社会っつーか、そういうメッセージを感じましたけどねえ。点数は80点。

劇場では『ツリー・オブ・ライフ』観ましたよ。初日に行ったんですけど、何百人もの客たちの「はぁ〜」っていう溜息の集積を耳にすると、それだけで楽しくなって、ハハハハ。これも80点。しかし、予告編がうまくつくり過ぎでしたよね、まるで感動ドラマのように。映画が客を置いてきぼりにするという、こんな体験はもう最後じゃないですかね。今の映画はくっだらない馴れ合いだけで出来てる状況だから。韓流ドラマの方がまだマシ。観たことないけど……。あと、『スーパー！』が素晴らしかった。ヒーローであろうとする狂人についての物語で、『キック・アス』の二番煎じに思われちゃいますが、製作費は多分3分の1以下なのに面白さは上。でもまあ、とにかくしょぼい、ハハッ。その辺の人間がヒーローの格好してピストルとかショットガンぶっ放し、なんでギャングの連中を皆殺しに出来るのか。ただの犯罪者ですよ。もうメチャクチャ。正義を誰もちゃんと示せず、どんな悪党もシステムの駒でしかない。そういう馬鹿馬鹿しさとどう向き合うか、なんですよ。これは90点ぐらいあげていい。

11 『サウダーヂ』富田克也監督

つねに映画的なものに憧れつつも、映画的なものから遠ざかろうとするってことがすごく重要で、『サウダーヂ』はそういうことをたぶん本能的にやってるんだと思う。甲府を舞台に、駄目な町で駄目な人たちが蠢いていて、何の解決もなく映画が終るっていう、ハハハハ。仕事が減った土方とかラップやってる兄ちゃんとか、タイ人ホステス、ブラジル人労働者なんかがたくさん出て来て、移民だらけの団地やシャッター商店街とか、今の日本の風俗を切り取ってるんだけど、そういうのって物語に収まりがたい感じがあるんですよね。切り取られた現実は、物語には決して置き換えられないというか。

その時代の風俗が刻まれた映画ってことで思い浮かぶのは、石井聰亙《そうご》の初期作、『狂い咲きサンダーロード』（'80）とかですね。ドキュメントってわけではなく、「サンダーロード」は架空の街だったし、『爆裂都市　BURST CITY』（'82）なんかは未来の話でしたが、あの時代の何かを捉えようとしていた。映画として未完成であるというふうな見方も出来るけども、逆にそこが面白かったわけで、そういうのがリアルってことじゃないかと思うんですよ。

まあ、映画にリアルさってそんな必要かってこともあるんですけど、今の映画には自己肯定されたいという欲望しかなく、作る側も観る側もそればっかりな気がして嫌になる。この『サウダーヂ』が、そんな映画の対極にあることは確かでしょう。

主要キャラクターの一人が地元のヒップホップのひとで、映画でも彼らのライヴシーンがあり、そういうとこは曲でこっちの気持ちもワーッと高まったりするんですけど、映画全体として音楽に乗っかった躍動感っていうのは別にないんですよね。スパイク・リーの『ドゥ・ザ・ライト・シング』（'89）も実はそうだったじゃないですか。パブリック・エネミーの曲が物語を盛り上げることが全くない、不思議な映画でしたよね。それに近いニュアンスが『サウダーヂ』にもある。風俗を扱ってもそれを物語に取り込もうとはせず、かといって音楽映画的なものにしようともしていない。ただ音楽が流れてるだけ。でもそこに真実はある。いや、現実世界では音楽流れてないですけどね、ハハ。

　富田克也監督が前に映画美学校のスカラシップをもらって撮った『国道20号線』（'07）も、それはそれで結構よかったんですけど、今回あらためて偉いと思ったなぁ。どうしてもみんなオタク的な自己肯定ばっかりで完結しちゃうから。なんかもう気持ちが悪い！　今や映画なんてそういうもんでしか成立しないのかもしれないけど、富田監督はそこから抜け出してる感じがすごくしてて。彼の撮るものはすごく面白い。こういう映画をひとが観てくれないと、ほんとにいやな世の中ですよ。ほんとにほんとにいやな世の中ですよ。点数は95点。いいんだけどなー、ひと入ってくれないかなー。

　最近、劇場で観たのは『世界侵略――ロサンゼルス決戦』。宇宙人が侵略してくるデカイ話なのに、つくりはオーソドックスな戦争映画の小隊もので、そこはちょっと好感持っていいのかもしれないけど、画面の外の広がりを想像させない。フレームの外には何もないような、この狭さはなんだろう？　特にＣＧを多用する最近の映画はみんなそうでしょう。セコイですよ。65点。

　ポランスキーの新作『ゴーストライター』は面白かった。この監督っぽく、全編にわたって不安を煽りに煽り、役者もよかったんで95点。ヒッチコック以後、これみよがしなサスペンスを撮ったってかなわないわけで、その影響を受けつつ、やりすぎないで別のやり方をしようとしたのがポランスキーやシャブロル、その真逆がデ・パルマですよね。ポランスキーの場合、'60～'70年代は才気走っていたのが、そういうわけで'80年代以降地味になり、当時はつまらないと思ってたんですけど、それから20年経つと自分も歳とって、しっくりくるようになったのかなー。

　しかしこういう映画をいいと言っちゃうと、『ピラニア３Ｄ』が大好きな自分と矛盾するようですが、あれも実はオタクっぽくは全然ない。結局映画って風俗というか水物なんだっていう開き直りと、映画自体で出来る最大限の何かを探求するってことの、その二つに尽きるような気がするんですよ。

12 『愛のメモリー』ブライアン・デ・パルマ監督

ちょっと前、『L・A・ノワール』ってゲームをやってたら、ブラック・ダリア事件がそのまんま話の下地になっていた。それでデ・パルマの『ブラック・ダリア』（'06）を思い出し、もっと昔のデ・パルマも観直したら面白いのかなとか思っていた矢先に、『愛のメモリー』（'76）のブルーレイが出たんですよ。

6歳の時に『キャリー』（'76）を観てからデ・パルマはすごい好きで。そう言えば「午前十時の映画祭」に『キャリー』も入ってますけど、あれ、頭に来ますね。犯罪に近いですよ。ああいういい時代の面白い映画を朝10時にしかやらないから、映画が廃れていくんじゃないですか。早寝早起きのジジババだけじゃなくて、若い人も普通に見られるようにしなきゃ駄目でしょ。

で、『愛のメモリー』を久々に観たら、なんか安い映画だなーと。撮影はヴィルモス・ジグモンドで、やたらと画面がソフトフォーカスになる。そこら辺でロケしただけなのを、ごまかすためじゃないかと思うくらい。あー、イタリアにも行きますけど、それだけが唯一の贅沢。でも、'70年代後半から映画を観て来た人間からすれば、当時いかにヒッチコックの安易な亜流と言われようとも、やっぱりデ・パルマはすごかった、そして今も輝いている。実際、ジグモンドの画面がハレーションで輝いている、ハハハ。点数は90点。

ジュヌヴィエーヴ・ビュジョルド（この人だけはどこがいいのか分からない）の演じる妻と娘が誘拐され、死んだと思われてたんですけど、16年後にその妻そっくりの若い女が現れるって話で、そう言うともう想像つくと思うんですが、旦那のクリフ・ロバートソンだけは気付かなくて恋に落ちる。

バーナード・ハーマンの音楽がまたいいんですよ。あんなインパクトのあるオーケストレーションの曲って今はないでしょ。まぁ僕の中では、シャラマンの『サイン』（'02）でのジェームズ・ニュートン・ハワードの音楽が、矢追純一の昔のUFO番組なみにインパクトある使われ方しててウケたけど。あの番組知ってたらわかってくらい、ハハハハ。そんな劇伴、今じゃギャグにしかならない。それと、かつてのデ・パルマ映画の音楽って、なんかイタリア映画っぽいんですよね。画面に合わせて曲を作らせたっていうより、最初に曲が出来てて、それを画面にはめるって感じ。特にモリコーネなんて、曲だけ独立してるみたいでしょ。そういう音楽の使い方も、今となっては懐かしいけど、気持ちよくもありますよね。

あと、デ・パルマはニコラス・ローグと近いんだなって、再認識しました。ローグにもヴェネツィアが舞台の『赤い影』（'73）があるし、どっちもイタリア映画好きのはず。この二人みたいな映像へのこだわりってのも、今ないですよね。これみよがしのスローモーションだの、360度パンだの。『愛のメモリー』もやっぱりそれが売りだから、最後に地方空港のロビーというどーでもいいとこで、カメラがグルグル回ったりして。一時期、そういうこれみよがしはもういいやと思ってたのに、今観るとなぜかゾクゾクする。「映画っていいもんだなー」と興奮していた10代をまざまざと思い出しました。その後、デ・パルマも控え目になっちゃったから、昔に戻ってほしい。これみよがしにエモーショナルな感じに。ダサいかもしれないけど、そういうの観たいよなーと思ってしまいますね。

この間は『UNDERWATER LOVE——おんなの河童』を観に行って、マンガっぽかったり、小劇場っぽかったり、自主映画っぽかったり、僕の嫌いな要素が多いんですけど、なぜか嫌いになれなかった。なんでしょう？　いまおかしんじ監督のピンク映画を観たドイツのプロデューサーが、ピンクミュージカルをと持ちかけて生まれた企画で、撮影はクリストファー・ドイルなのに、ピンク映画的な貧乏臭さがちゃんと残ってる。まだこんな映画作っていいのかーと思うと、ほっとする感じはありますよね。もろにいまおかさんの映画です。これも90点。

13　『ウィ・キャント・ゴー・ホーム・アゲイン』ニコラス・レイ監督

東京フィルメックスで、ニコラス・レイ最後の長編映画が上映されると聞き、観に行ったんですよ。そしたらこれがとんでもない実験映画でびっくりした。この監督で普通に有名なのは『理由なき反抗』（'55）ですけど、僕が一番好きなのは『孤独な場所で』（'50）。映画ってものの可能性のひとつが究極の孤独な行為だとしたら、まさにそういうことをきわめた映画で、あんな寒々とした体験をさせてくれる映画は他にない。

じつは『ウィ・キャント・ゴー・ホーム・アゲイン』（'73～'11）の前日にもう1本やるっていうんで出かけたら、奥さんが監督したメイキング（スーザン・レイ『あまり期待するな』'11）だった。大学の映画学科の先生になったニコラス・レイが学生と一緒に『ウィ・キャント……』をつくる様子を見せるんですけど、複数の断片を同時に一つのスクリーンに映し始めた時点ですごい不安を感じて……。次の日、実際に観たら本当にそういう映画だった。何台もの映写機でスクリーンの裏から投影し、それを表から撮って上映用プリントをつくったという原始的マルチスクリーン（今回の上映はデジタル復元版）。『チェルシー・ガールズ』（'66）のウォーホルじゃないんだから、ニコラス・レイみたいなちゃんとした映画監督がこんなアヴァンギャルドをやるとは思わなかった！　たまに全面を使ったりもするんですけど、ストーリーらしきものがあるのはだいたい右下の画面で、あとはなんか暴動してる映像とか、色をいじったビデオ映像とか、そこに電子音楽みたいなビヨーンって音がかぶさったり、なんだかよく分からない。上映会場が有楽町朝日ホールで、舞台があってただでさえスクリーンが遠いのに、後ろの席だったから余計に何が起きてるのか分かんなくて。ニコラス・レイ本人が映画学科の先生として登場し、若者の話をふーんとか言って聞くんですけど、それも現実の話なのかつくった話なのか分からない。一番すごかったのはグジグジ悩んでる女にトマトをぶつけるシーン。女が「ギャー！」とか叫んで、ハハハ。あと、「警官をブタと言うな。俺の親父も警官だ」とか語ってた男が、自分の髭を鋏でジョキジョキ切っていくアップも、やたらインパクトありました。無茶苦茶だけど面白かった。劇場公開したらいいのに。点数は90点。『モテキ』はホント不愉快。みんな、独りよがりのオタクが好きなんだ。友達が何人も出ていて、ほとんどミュージシャンですけど、そういう物語に対して拒絶があるから音楽をやるもんだと俺は思ってたのに。ひとつのものを違う視点から見ることで繋がるのなら分かるけど、他者を必要としない人間が一喜一憂するのを見て何が面白いのか。音楽ってもっとクールでそれゆえに優しいっつーか、そういう人がやってたんじゃないの。結局みんなまとまっていっちゃうのか。そこはすごく重要な問題だと思いますけどね。

14 『果てなき路《みち》』モンテ・ヘルマン監督

今月も簡単にするーっと鑑賞できる映画じゃないです。『果てなき路』は、とある監督が実際の事件をもとに映画を撮るって設定なんですけど、裏の話が絡んできて相当複雑。なんか政治的なことが関係するらしいと思っても、台詞で説明されるだけだから、ついて行けない。とにかく情報が多すぎて、これを理解するには字幕の全てを頭に焼き付けでもしないと無理。脚本家の荒井晴彦さんは「俺は全部分かった」と言ってたらしいけどホントかなー。大体、撮られた映画の場面とそれを撮ってる人たちの場面が交錯して、どっちがどっちだか分かんなくなるし。絶対わざと混乱させてますよ。撮影場所も地味すぎて、ローマに海外ロケしてるのに、どっかのローマ風ホテルにしか見えない。

監督のモンテ・ヘルマンは〝B級映画の神様〟ロジャー・コーマンの門下生ですが、その前はベケットの芝居を演出してたりと、不思議な経歴の人。西部劇やホラーを撮ってもストレートなジャンル映画にはせず、かといって芸術映画にもしない。B級で鍛えられ、映画を知り尽くした監督、のはずなんだけど、たまに本当にそうか?と不安を掻き立てられる作品もあって、ハハハ。そんななか、この新作と一緒にリバイバルされる『断絶』('71)は一番シンプルで、なんというか、夜中から朝方にかけて観るにふさわしい映画。

今回の『果てなき路』はデジタルでの撮影ですが、デジタルにありがちな貧乏でテクニックがない感じを、予算とテクニックを使って出してるような、安っぽさときちんとした部分が同居してるような。その辺の匙加減はコントロールしてんのかなと思いつつ、いろんな意味で混乱させられる。

しかし、実用性のある分かりやすい映画ばっかりの今、普通は映画館に金払って安心させてもらいに行くんですけど、『果てなき路』はちっとも安心させてくれない。生きていることに揺さぶりをかけ、現実に揺さぶりをかける。映画が映画の外にも広がっていく感じ。そうじゃなきゃ、わざわざ観る価値はないですよ、映画なんか。生きててよかったって、自己を肯定されることばかり求めたってしょうがないじゃないですか。あー、ヒロインのネーちゃんはビミョーだった。カットによっては綺麗なんだけど。そのビミョーさも狙ってんのかな？　点数は90点。

あと、最近映画館で観たのは『ホーボー・ウィズ・ショットガン』。一瞬たりとも面白くなかった。どっちかというと、こういう血まみれ映画は好きなはずなんですが、この映画を面白がれる感性の人とだけは友達になりたくない。30点。『ピザボーイ　史上最凶のご注文』は、会話のバカバカしさが天下一。程度の低い人たちが程度の低いことでいがみあって、実に楽しい。主演のジェシー・アイゼンバーグもよかった。前半は最高、後半はちょっと難あり。このくらいのコメディが日本でもあるといいのに。90点。

15　『メランコリア』ラース・フォン・トリアー監督

30年前にその後の世界の全てが予言されてたってのをネットで見たんですよ。アメリカは大統領が代わって大きなチェンジが来るとか、後出しだろそれ、嘘こけって！　馬鹿馬鹿しすぎて逆に明るくなりましたけど。しかし今は、かつてないくらいの終末感が漂ってますよね。

ラース・フォン・トリアーの『メランコリア』はそんな時代にふさわしい映画。郊外の大邸宅で結婚パーティがあり、すったもんだする一方、巨大惑星が接近して地球が破滅の危機にみまわれ、どうなるんでしょうねーみたいな、いかにもこの監督らしい嫌がらせとしか言いようがない話で。オールスターキャストがどう頑張ってみても、性格の悪い人がつくってるのがバレバレだし。ブリューゲルの狩人の絵が出たり、やたらと「トリスタンとイゾルデ」がかかったりしてましたが、前作『アンチクライスト』ほど訳が分からなすぎて笑うということもなく。

しかし、これほど徹底して心温まらない映画を撮り続けるのはスゴイなと、そこは断然支持したいですけど。ここまで来ると爽快ですらあって、世界なんか終ってもいいじゃないか、ハハハって、そんな気持ちになれる。投げやりではなく、宗教っぽい終末論でもなく、今の世界に終末感が満ちてるのはちゃんと描かなきゃいかんと思うし、そういう意味では正しい映画なんじゃないですかね。ラストの踏ん切りのよさには、ちょっとスッキリしました。点数は70点。

劇場で最近観たのは、なんだかなーっていうのばかり。西島秀俊が映画狂《シネフィル》の監督役で、借金を返すためにボコボコにされる『CUT』も、面白いかどうかって話になると、なんとも言えないけど、ちょっと思ったのは、シネフィルって外から見たら他のマニアと同じでも、痛みを伴ってものを観ようとする点で独特なんじゃないかと。映画体験ってのは唯一——文学体験もそうかもしれませんが、痛みと向き合おうとする営みではないか、そう僕は勝手に思い込むわけですけど。70点。

そうそう、お正月は『幕末太陽傳』（'57）とか昔の映画を観て楽しかったな。『歴史は女で作られる』（'55）では、やっぱり自分は女性映画が好きなんだと再確認した。意識的に映画を観始めた頃、昔のをよく観て、大体のすぐれた日本映画って女優の映画ですから、それで自分は映画を発見したんだったと。男である僕にとっての女性映画ってことですけど、映画って、他者とどう向き合うかにかかっていると思うんですよ。スクリーンの向こう側にいる、絶対なんの手助けもしてあげられない他者をどう描き、それとどう向き合うか。今の映画はそこが抜け落ちている。主人公が不特定多数の観客と同じレベルで、だから共感できて楽しいでしょみたいな。『歴史は女で作られる』は残酷な終り方をするんですが、そんな突き放し方を含め、映画ってそういうものだと。その意味では『メランコリア』も女性映画なんだけど、めちゃめちゃ歪んでるからなー。

16 『みな殺しの霊歌』加藤泰《たい》監督

「ものすごく」なんとかっていう映画は、マックス・

フォン・シドーが出てるんで観にいったんですけど、9・11で父親が死んだ子供のウザイ話で、ほとんど寝てた。終わり頃はまわりの観客がみんな嗚咽とか漏らしちゃって、知るか！と思いましたよ。50点。それに比べてモンテ・ヘルマン『断絶』（'71）の素晴らしいこと。久々にスクリーンで観て、かなり興奮しました。映画はやっぱり物語じゃないいんだって。100点。親しい人の死を物語に出来るのは幸せな人達なんですよ。物語を持てない人達の方に、僕は断然興味がありますね。『断絶』には、生きてることで任務みたいに背負わされている自我とかアイデンティティーなんかから、解放してくれる力がある。もっとも、解放されることは恐怖でもありますけど。

2月にDVDが出た『みな殺しの霊歌』も大好きな映画です。これも100点。加藤泰が松竹のスタッフで撮ったものなのに、性と暴力に満ちていて、どこだか分からないような部屋の空間の切り取り方も、松竹っぽくない。まあ加藤泰の他の作品ともちょっと違いますが。この映画が唯一無二なのは、同時代の若松孝二のピンク映画を意識したんじゃないかと妄想しちゃうほどの殺伐さなのに、最後はものすごい泣かされること。いや、それは「ものすごく」なんとかで泣くのとは全然違う。

今回観て、リチャード・フライシャーの『絞殺魔』と近い気がしました。『絞殺魔』って、前半は連続殺人事件に翻弄される大衆や警察を見せといて、後半は殺人者の方をクローズアップする。そのことで、観るという行為が共犯関係を結ぶことであり、客観と主観の違いってなんなんだということを突いているスゴイ映画と僕は思うわけですよね。これが『みな殺しの霊歌』と同じ'68年の製作なんです。犯罪を主観に引き寄せて描く感じがよく似ている。第二次大戦の殺戮のトラウマが、ここで蘇ってフラッシュバックしてる気もしますね。アメリカじゃベトナム戦争の真っ最中だし。戦争の記憶なんてないにこしたことはないけど、そういう異常な感覚に蓋をすべきではない。

安易な共感とは違う次元で、人を殺す人も我々とあんまり変わらないんじゃないかって話でしょ、結局。だからつらいんじゃないですか。いろんな人がいて世の中を形成しているということにおいては連帯責任だと思うし、単純に個人が悪いって話じゃないはずなんです。まわりから切り離された自分なんて存在しない。映画ってそんなことを知らしめる力があったと思うんですよね。でも今は自分ってなに？みたいな馬鹿なことしか考えてない人達があまりにも多いんで、自分は自分でよかったみたいな、ヌルい自己肯定の映画ばっかり。そういうのはぶち壊したいですね。正しいことも悪いことも含めて、全部自分の一部であるっていうか、他人も含めて自分の一部であるって認識させることですね。'68年頃にそういう問題とぶち当たったんじゃないですか。客観なんて、つくりごとでしかない。曖昧さのなかで生きることにしか本当のことはないんだって。

17 『ラヴ・ストリームス』ジョン・カサヴェテス監督

19年ぶりにカサヴェテスが特集上映されるというんで、『ラヴ・ストリームス』（'84）の試写に行ってきました。セゾン系の3館でやった前の特集上映では、実は僕、もぎりのバイトしてたんですよ。今はなきシネヴィヴァン六本木で。カサヴェテスが珍しくメジャーで撮った『グロリア』（'80）はもう観てましたけど、他のはその時まとめて観たんですね。どれも素晴らしい作品でしたが、『オープニング・ナイト』（'77）とこの『ラヴ・ストリームス』だけ地味な印象が残っていた。でも今回ニュープリント版で観直したら、ものすごい面白いんでびっくりしました。１００点。

人としてどうよ？っていう男と女が再会し、まわりに迷惑かけながらまた離れ離れに、という話なんですけど、起承転結を超え、延々つづいていくようなところが素晴らしい。そこには技法としてのリアリズムではなく、もっと強力なリアリティがある。映っている人たちと時間をともにしていると実感させられるような。観ててそんな充実感があるぶん、終わった時の喪失感もでかい。もっと付き合っていたかったのにって。たとえそれが最低の奴だったり、気が狂ってる奴だったとしてもね、ハハハ。この映画は元が舞台劇ってこともあって、ちょっと演劇っぽいかもしれないですけど、それでもこの延々とつづく感じ、つづいてほしいっていう感じは映画ならではでしょう。

ここ何日か、たまたま'70〜'80年代のアメリカ映画を何本か観て、時代的なレベルの高さを思い知らされましたね。『ハロルドとモード』（'71）とか『デス・レース2000年』（'75）とか。いろんな生き方や考え方があっていいんだというふうに、人の心が開かれていた時代だったような感じがする。今の日本なんてホント保守的だから、つまんない文化しか生まれない。そういう意味での喪失感も味わいましたね。

カサヴェテスに話を戻すと、この人は別に芸術っぽいことがしたかった訳じゃないでしょう。安易な物語に逃げることなく、ドラマってものの在り方の可能性を追究してたんだと思う。カサヴェテスの作品は、限られた映画ファンのためだけのものじゃないですよ。普通に生きていれば楽しめる。面白くないって言う人は、人生を生きてないという気すらする。

映画館で観たのでは、スピルバーグの『戦火の馬』が100点。馬が飼い主のもとに戻るというだけの話なんですが、おしつけがましくなく、泣かせに走ることもない。誠実さと完成度にひたすら感心。『タンタン』の500倍よかった。『ヒューゴの不思議な発明』のスコセッシは映画の再生なんてことは信じてなくて、ただ単にサイレント映画を3Dにしたかったんだなってところに感動しました。3Dの効果も今まで観た中で一番すごかった。80点。セックス依存症の男が主人公の『シェイム』は、ギャグかと思って観てたら途中でマジと分かってグッタリしました。妹がジャズ・シンガーで、こいつの歌がまた下手なんですけど、それを聞いた主人公がポロリと涙ながして。馬鹿かこいつは。30点。

18 『ミッドナイト・イン・パリ』ウディ・アレン監督

昼過ぎに起きて試写会に行こうとするんですけど、観たいのに限って1時からだったりして間に合わず……。映画館で観たのでは『バトルシップ』の浅野（忠信）くんがよかった。『ザ・ヤクザ』（'74）の（高倉）健さんを思い出しました。世界に通用する味のある役者になってきてますね。でも、映画としては距離感に問題がある。すごく近いか、すごく遠いかしかない。デジタル的なんですよ。'80年代までの映画は合成が粗くて、夢を思い出す時の質感に近かった。大雑把さにロマンがあった。今のSFXってあまりにクリアだから、スクリーンで楽しむより家のでかいモニターで細部を検証する用って感じなんですよね。『ジョン・カーター』はモブ（群集）シーンとかがちょっと懐かしい雰囲気だった。原作が古いですしね（バローズ『火星のプリンセス』）。しかし、企画として『アバター』にちょっとファンタジー足してっていうのがあまりにあからさま。どちらも思ったほどつまらなくなかったので70点。『ドライヴ』は点数的にはそれより上の75点ですが、センスと技術のあるオタクの撮った映画だなーって。'80年代に旗印のように求められた新しさが未完成のまま'90年代'00年代と来て、それを撮影技術が格段に進歩したいま、開き直ってオタクっぽい感性で完成させてるというか。

だったらウディ・アレンの方がよっぽどまとも。この人は10年に1本ぐらいとてもいいのを撮るんですが、今回の『ミッドナイト・イン・パリ』がまさにそう。これは試写で観ました。いやー、面白い映画ですよ。まず、ハリウッドの脚本家を演じるオーウェン・ウィルソンのキャスティングが絶妙。これまではワイルドで何考えてるのか分からない印象が強かったのに、ウディ・アレンが憑依すると何故か素直で可愛らしいキャラクターになっちゃう。もうそれだけで映画を引っ張ってくれる。そんな彼がパリに来て'20年代にタイムスリップし、フィッツジェラルド夫妻やヘミングウェイ、ピカソにダリ、ブニュエル、マン・レイなんかと会うんですけど、みんな微妙に安いのと、こんないい人じゃなかったろホントは！っていうのが面白い、ハハ。いちいち自己紹介するとこも突っ込みどころ。真夜中に現れるクラシックカーに乗るだけでタイムスリップするのもいいですね、テキトー、ハハハハ。でもそれも古い街並みが残ってるから出来ることであって、変なタイムトンネルとかだったらドン引きですよ。

此処ではない何処かと行き来する趣向は『カイロの紫のバラ』（'85）の焼き直しかもしれないですけど、あそこまでシニカルじゃなく、もっとやさしい。なんですかね、このベタさは？　やたら知識をひけらかす男が出て来て、そいつにだけはやけに攻撃的。昔はそこも軽いギャグにしてたと思うんですが……。オーウェン・ウィルソンの婚約者一家も文化にまったく理解がないしね。いまは現実にそんな人ばっかりだから、危機感があるのかもしれない。それを今回は優雅さでもって訴えている。ウディ・アレン本人は孤独や寂しさを抱えてるかもしれないけど、映画は余裕に満ちている。90点。

19 『マドモアゼル』トニー・リチャードソン監督

『マドモアゼル』（'66）はジャン・ジュネ（『泥棒日記』等の作家）のオリジナル脚本なんで、ずっと観たかったんですよ。ジョン・ウォーターズ（『ピンク・フラミンゴ』等の監督）も本で絶賛してたし。10年以上前にWOWOWでやったのを録画したんですが、観ないうちにテープどっかいっちゃって……。そしたらやっとDVDが出た。

一言でいうと、欲求不満の女がコソコソひどいことをする映画。水門あけて家畜小屋を洪水にしたり、鳥の巣の卵を握り潰したり、情け容赦なくひどいんですよ。夜中にぼんやり観てたら、モノクロで画面暗いし、夜のシーン多いし、フランスのド田舎でのロケだし、そのうえ無実の人が疑われて延々と拷問のようなことが続くんで、こっちもぐったりしちゃって気が遠くなり……。でも最後はとてもよかった。カタルシスのない解放感というか、救いのないままほっぽり出される。不思議な最後なんですよね。ブレッソン（『田舎司祭の日記』等の監督）を意識してんのかな、でもそこまでは行ってないよなと思いつつ、点数は90点。

監督のトニー・リチャードソンは、教科書的に言えばフランスのヌーヴェルヴァーグに対するイギリスのフリーシネマの中心だった人で、『長距離ランナーの孤独』（'62）とか『ラブド・ワン』（'65）、後半の方だったら『ホテル・ニューハンプシャー』（'84）とか、いろいろ撮っている。エイズで死んじゃったんですけど、DVDがほとんどリリースされてないんで全体像をちゃんと検証出来ないんですよね。お願いだから、他のも出して下さいよ。

映画館で観たのに行きますか。『タイタンの逆襲』は、どーでもいい人達のどーでもいい話が続いて、ほとんど寝てました。30点。『ダーク・シャドウ』は90点。ここまでヒドイ話を、ここまで金かけて作るかって映画、久々に観ましたよ、ハハハ。主人公の吸血鬼がたくさんひと殺してるのに、魔女の呪いのせいで全部済んじゃうのがヒドイ。全体に出鱈目な感じが面白くて、女優陣もよかったし。ティム・バートン、回復してるんじゃないですか。『ファミリー・ツリー』は、可も不可もなく70点。『貞子3D』は意外と悪くなかったが面白くもない。この手の映画のラストで定番の悪霊と人間の決闘があんですけど、その決着の付け方が意味分からん。65点。『キラー・エリート』はペキンパーの同題作のリメイクかと思ったら、全然違う話で特になんということもなく、これも65点。『幸せの教室』は、あまりにもユルーイ感じでちょっと……。こんな脳がとろけた映画を作る余裕も見る余裕も、よくまぁ今の世の中にあるもんだと。トム・ハンクスの前の監督作『すべてをあなたに』('96)はけっこう好きだったし、この新作も決して悪くはないけど、なんで作ったんでしょうね? 85点。最近、個人的に危機的状況なんで、大検でも受けて再就職した方がいいのかもしんないですね……っていうことくらいは思いました。

20 『籠の中の乙女』ヨルゴス・ランティモス監督

3月に終わるはずだったレコーディングがとにかく全然終わんなくて。うちにこもって一人で延々やってるんですけど、機材がすぐ故障するわ、なんだわで……映画に行く余裕なんかないですよ。

いまは仲たがいした友達に、多分好きだろうって言われたんで、『籠の中の乙女』は気にしていたものの、そういうわけで試写には行けず、なんとかDVDを送ってもらいました。ギリシャ映画で、全然知らない若い監督の作品ですけど、資料を見るとカンヌの「ある視点」部門グランプリとかいっぱい賞をとっていて、アカデミー賞の外国語映画賞にもノミネートされてるんですね。あ、ジョン・ウォーターズも褒めてるじゃないですか。「これまでに沢山の映画を観てきたが、その中でも最も独創的な作品だ」って。

しかしヘンな話なんですよ、これが。夫婦が敷地を高い塀で囲んじゃって、息子と娘二人をそこから一歩も出さずに育てている。庭が広くてプールもあったり結構な家ですけど、外の情報は一切遮断、「海」は「革張りアームチェア」という意味で「高速道路」は「強い風」のことだとか、子供たちにメチャクチャな言葉を教えこんでいる。そこに親父が息子のセックス・フレンドとして外の女を連れてきて……。

部屋も服も白く、そういう禁欲っぽいなかにセックスとバイオレンスが投げ込まれていくわけで、そこら辺はブレッソンの『ラルジャン』（'83）とかたけしの映画みたいな感じですが、わざわざ本番しなくてもいいのにと思いましたよ。ポルノ映画じゃないんだから、そこまでせんでもいいのになーと、しみじみ思いました、ハハハ。でも、なんだか分からないけど、行き過ぎ感はスゴイ。よくこんな映画、撮らせてもらえましたね。しかも、経済破綻してるギリシャでですよ！ どうやって資金を集めたんだろう。点数は70点。

でも、やっぱりハネケや最初の頃のオゾンを思い出してしまう。ラース・フォン・トリアーもそうだけど、現代における極端な映画、エクストリームな表現っていうのは、なかなか成り難いって感じですね。いわゆる過激な表現って、つい観ちゃいますけど、グッタリさせられるでしょ。なんでですかね？ ブニュエルの映画なんかは今でも面白いなー、スゴイなーと思うのに。現代の方がタブーもなく、表現も自由なはずで、それが逆に働くのか……。

映画館では『私が、生きる肌』を観た。アルモドバルは好きじゃないんですが、毎度観ると意外に面白く思える。女房に逃げられたオッサンが古着屋にその服を売りにくるエピソードが、本筋とは関係ないのに印象深かったり。80点。『メン・イン・ブラック3』もけっこう好きだった。最後のクレジット見てたら、脚本がイータン・コーエン（コーエン兄弟のイーサンとは別人）で、あーそうなのって。『トロピック・サンダー』書いた人。こぢんまりとまとまって、なかなかよく出来た映画だと思うんですけどね。しみじみとさせるし。そのくらいの面白さでいいんですよ、映画なんて。80点。

21『ミステリーズ 運命のリスボン』ラウル・ルイス監督

最初に言い訳をすると、家のクーラーが壊れていて眠れず、ちょっと涼しいとこに行くとすぐ寝ちゃうんですよ。おまけに『ミステリーズ 運命のリスボン』は4時間半もあって、試写では半分くらい寝てましたが、ＤＶＤも貰ってたので、サウナ状態の家で切れ切れに観たのを足し、ほぼ話がつながった。

監督のラウル・ルイスは去年亡くなったんですよね。この映画が生前に公開された最後の作品になりましたが、けっこう好きな監督です。'74年にピノチェト政権下のチリからパリに移住し、生涯に１００本以上撮ったうち、僕自身7、8本しか観てませんけど、「芸術新潮」を読んでる人には、ぜひこの機会にラウル・ルイスを発見してほしい。美術好きの人には絶対面白いですよ。『盗まれた絵の仮説』（'79）は絵画を人が演じる活人画みたいで、『見出された時――「失われた時を求めて」より』（'99）は部屋の中で人とか家具がグワーッと移動し、そのトリッキーさは見ようによっては鈴木清順っぽい感じだし、『クリムト』（'06）もこの人。変な映画をいっぱい撮ってるんですが、『ミステリーズ』はいつもより話が普通で、それでも長いカットでカメラがやたら動く。その辺はマックス・オフュルスの影響に違いなく、オーソン・ウェルズも入ってるかもしれない。半分寝ててこんなこと言うのもなんですが、撮り方で驚かしてくれるから、4時間半でも飽きないんですよ。たとえば室内の奥に見える中庭を、煙と照明だけで大火事に見せるとことかね。演劇的にもならず、単なる風景にもならず、ちゃんと映画をやろうという、そういう意識はやっぱりすごい。この監督の一貫したテーマは、時間とはものすごく虚ろなもので、やがてそんなことは一切なかったことと一緒になってしまうという……切ないって感情からは離れたところにある脆さに満ちた、現実とか人生についての映画なんです。だから今回も最後は泣いちゃいますよね。点数は90点。

試写では『プロメテウス』も観ました。すごいメリハリのきいた映画で、前半は静かでほとんど寝てたんですが、後半がスゴ過ぎ。贅沢なヴィジュアルによる投げ遣り具合が。宇宙人なら光線とか超能力を使えばいいのに、あの野蛮さは何⁉　後半の暴れっぷりは、同じリドリー・スコットの『ハンニバル』（'01）の後半の百倍凶暴で、余りのショックにもう爆笑ですよ、ハハハ。この監督はそんな買ってないんですが、いい歳こいて何を考えてるのか。本当にびっくりした。アイマックスとか大画面で見た方がいいです。90点。

劇場で観たのでは、昆虫型宇宙人と闘う『スターシップ・トゥルーパーズ インベイジョン』が50点。何よりすごかったのは、これを観に行ったシネコンにでっかいゴキブリが出て、『ヘルタースケルター』に来たネーちゃんたちが大騒ぎ。現実の昆虫も怖いなと。『崖っぷちの男』は全然面白くなく、この手の話なら『フォーン・ブース』（'02）の方が上。大体、僕の方がよっぽど崖っぷちですよ。50点。

22　『アウトレイジ ビヨンド』北野武監督

あい変わらずクーラーが壊れたままで、意識が朦朧として考えがまとまらない。そんななかで観た『アウトレイジ ビヨンド』。不条理全開だった前作の落とし前篇って感じでしたね。飛躍はない分、ドラマとしてちゃんとしている。しかし、ここまでヤクザしか出て来ない映画も珍しいでしょう。世界にはその筋の人しかいないんじゃないかという不思議な感じ。「猿の惑星」ならぬ「ヤクザの惑星」に来ちゃったというか。

役者がみんないいですね。西田敏行もコワイですが、お前ミノタウロスかっていう塩見三省の顔がスゴイ！　あんな奴、外あるけませんよ。怒った顔ずっとしてると早死にしますよ。どアップの怒鳴りあいとか、いい加減にしてよと思うんですけど、見ちゃう。いい顔の役者は面白い。これは前作からですが、加瀬亮も面白い。刑事役の小日向文世は、不愉快とひょうひょうのスレスレの感じが……。あぁ、ヒットマン役の高橋克典もよかった。あんな台詞のない役に有名な人を使うのは面白い。でも、オールスター映画だった前作に比べ、今回はたけしがメインになっちゃってるかな。たけし一人が仁義を立てるいいヤクザで。僕は基本的にヤクザ映画が好きじゃなく、どんな局面でも態度が変わらずにビビらない奴が偉いというヤクザ的価値観も嫌いだから、それを超えたムチャクチャさと悲惨さで人がドンドン無残に殺される映画——いわゆる「ボディカウントムービー」が好きなんですが、今回はちょっと違うものをやろうとしている。既存のヤクザ映画ほどレイジーではないものの、分かりやすさとカタルシスに行っちゃったような……。といっても、細部はやっぱり面白くて、部分部分ではカタルシスにならないようにしてるんですけどね。デカイ態度でわざわざ殺されに行くような奴とか、近くでバンバン撃ってるのに怯まない奴とか。そこらへんはやっぱり不条理。暴力を見せるんじゃなくて聞かせたり、あんまり露骨に出さないなかで、夜のバッティングセンターのあれは楽しいですね。あと、宮廷劇みたいだとも思いました。謀略に次ぐ謀略、足の引っ張り合い……。まとまらない話ですいませんけど、なんだかんだ言って面白かったですよ。気取ったところがないし。点数は75点。

8月は暑すぎて映画館に行く気もしなかったですが、アテネ・フランセ文化センターでジーバーベルクのドイツ三部作だけは観ました。3作目の『ヒトラー、あるいはドイツ映画』（'77）は4部構成で410分。2部の終盤は意識朦朧だったものの、3、4部は最高でした。当時の音声や映像とかいろんなものを総動員し、あらゆる角度からヒトラーに肉迫する試みが、それ自体狂気じみている。ナチズムは否定すべきだけど否定するだけではすまない何かがあるというアンビヴァレンスに取り憑かれた映画。誤解を恐れずに一言でいうと「ロマン」です。ハハハ。90点。こんな訳の分からん映画がもっと観られないと駄目ですね。

23 『ヘルショック 戦慄の蘇生実験』ハビエル・アグィーレ監督

夏公開の映画を秋になってようやく観ました。『アベンジャーズ』はそれなりに面白かった。感心したのは、世界観の違うキャラを一堂に集めても違和感を持たせなかったところ。しかし、飛べない人が飛べる人と一緒に闘うのは大変だ。一生懸命ピョンピョン飛び回ったりして、ご苦労さんだなぁ、ハハハ。80点。『ダークナイト ライジング』は余りにつまんなくて、トイレに行ったら終わってた。45点。9月公開の『バイオハザードV：リトリビューション』は中国人のおネーちゃんがよかったですが、これもラストを観ていない。ホントに寝てました、完膚なきまでに。55点。

それに比べ、9月に国内初DVD化された『ヘルシヨック 戦慄の蘇生実験』（旧邦題『傴僂男ゴト』'73）の素晴らしいこと！ この手のが最近出てなかったから嬉しくて。日本では劇場未公開のスペイン映画ですけど、中学の時にテレビで観て以来、ビデオをダビングしてもらったり、海外の海賊盤を買ったり、何回観てもすごく面白い。'60年代後半から'70年代半ばのスペインのホラー映画は、感覚がまったく違うんですよ。この時代のイタリアもすごいけど、あっちは音楽がいいし、もう少しエレガントだったりしますから。

大学病院の死体安置所で働く傴僂の男を演じるのは、スペインの有名な狼男俳優ポール・ナッシーで、都合よく女は寄ってくるし、全篇まさにこの人のための世界。恋焦がれる少女があっけなく死んじゃって、マッド・サイエンティストが人造人間をつくるのに協力するという話なんですけど、とにかくメチャクチャ。人の想像をある意味超えて、ある意味超えてないことが、次から次へと起こる。こういう経験は今の映画じゃ出来ないですよ。たとえば医学生が主人公をからかう場面は、これまで見た映画で他人《ひと》を小バカにする最も強烈な仕草で忘れられない。カタコンベの地下道を、瀕死の男が硫酸で溶けた同僚の死体を背負ってボーッとさまよい歩くとこなんか、あまりに意味が分からなくてスゴイ。描写は情け容赦なく残虐で、そんな細部がツボを突くように面白くて笑える。人造人間の化け物のうめき声がまた気合入りすぎで、あんなすさまじいドラ声、聞いたことないですよ。人体の切断はもちろん、生きたネズミたちを燃やしたり、すべてが想像を絶する配慮のなさ。B級とかC級とか、もはやそんな問題ではない。やってることは貸本漫画みたいなんですけど、それを映画でやられると、訳の分からないものになりますね。とにかく普通の人が味わったことのない感覚に貫かれているのは確か。

ポール・ナッシーの映画はスゴイのが多いです。興味のある人は洋泉社から出てる評伝を読んで下さい。天知茂共演の『狼男とサムライ』（'83）や、題名忘れたけどホリプロ（ホリ企画制作）のつくったけっこうな傑作もありますが、『ヘルショック』が最高かも。ぜひ買って観ていただきたい。90点。そうそう、DVDではウィリアム・A・ウェルマンの『ミズーリ横断』（'52）も出て、クラシック映画で久々に感動しました。これも90点。

24 『カリフォルニア・ドールズ』ロバート・アルドリッチ監督

アルドリッチの『カリフォルニア・ドールズ』（'81）は、どんな言葉も浮かばないくらい素晴らしすぎる。100点！

この監督には思い入れがあるんですよ。最初はポリティカル・アクションの『合衆国最後の日』（'77）にリアルタイムでたまたま接し、子供ごころによく分からんオッサンのつくった映画と思っていたのが、テレビで旧作の『北国の帝王』（'73）を観て、これはスゴイ！と驚くわけです。後年は男臭い映画の監督というイメージだったけど、いろいろ観ていくと女性映画や狂気がテーマのものもあって、その複雑さと屈折ぶりに気付く。左翼映画人だったたってことも後で知り、ただの豪快な映画を撮ってるオッサンじゃないんだなと。

そうした屈折や複雑さを超えて、個人の闘争に焦点を絞ることで充実した作品が『北国の帝王』でしたが、遺作となった『カリフォルニア・ドールズ』は、さらにすべてを超えたところにある感じ。政治とか思想とか、男とか女とかも関係なく、人にはやらなくちゃいけないことがある。それはやっぱりどこまでも闘うこと！　最後の最後にそんなストレートなものが来るとは思わなかった。正しい人だなーって感慨ですね。映画作家として、ものすごくバランスがとれている。

女子プロレスの話ですから、クライマックスは試合の場面になりますが、スポーツの試合くらい、過程があって結果があるという陳腐なドラマはないでしょ。アルドリッチはそこをうまく擦り抜けながら、ちゃんと映画として華々しく見せる。これはスゴイことです。

マネージャー役のピーター・フォークはもちろん、レフェリー役のリチャード・ジャッケルも好きな役者ですけど、そもそも僕は強い女性の健気さに感動してしまうたちなんで、もう泣くしかないですよ。

でも、その健気さと同時に、どっかささくれた感じもあるんですよね。この『カリフォルニア・ドールズ』やジョージ・ロイ・ヒルの『スラップ・ショット』（'77）は、エンターテインメントに寄りながらもアメリカン・ニューシネマの孤独なささくれ感を残した稀な映画だと思う。インディペンデント系だとロメロの『ゾンビ』（'78）とかがね。逆にニューシネマの反動として出て来たのがスピルバーグやルーカスで、'70年代後半から'80年代の頭は両者の端境《はざかい》期って感じですかね。それが今はもう、リアルな孤独なんてどこにもなく、記号を並べたような映画ばっかりで。

劇場で観た新作では、メル・ギブソン主演の『キック・オーバー』が、景気よく血が出て得した気分でしたね。90点。作品的には問題ありの『エクスペンダブルズ2』も、躊躇なく血が噴き出てアガリますよね。80点。誰も死なない映画、死んでも血が出ない映画が多すぎる。今やPG12にも引っかからない映画はゴミと言いたい。だいたい世の中は薄汚くてイヤラシイことばっかりじゃないですか。乱暴な映画をどうしても支持したくなる。

25　『ザ・フューチャー』ミランダ・ジュライ監督

シネマート六本木にアベル・フェラーラの身も蓋もない映画を観に行ったんですよ。人類が全滅する『4：44　地球最期の日』っていう。そしたら地下で試写会をやってて、知り合いの配給や宣伝の人に挨拶された。試写なら観ますよと言ったら、もう上映が始まっていたんで代わりにDVDを渡されて。それがこの『ザ・フューチャー』なんですけど。

ミランダ・ジュライはマイク・ミルズの奥さんとして知っていた。どっちもアーティストで映画も撮る人。しかし、彼女は監督、脚本、そして主演までやっちゃってて、なかなか最近こんな押し出しの強い人はいない。美人そうに見える時もあり、ルックスは自信のないシルビア・クリステルって感じ、ハハハ。この映画でも「あと少し美人ならよかった。微妙なラインなのよね」とか、鏡を見ながら言うシーンがあって、その自己認識は実に正しい、ハハハです。

最初はヌケの悪いおっとりしたカップルのホンワカした日常の話かと思って観てたら、どんどん雲行きが怪しくなり……。撮り方は淡々としてるけど、実はファンタジーなんですよね。猫のモノローグで始まって、突然、時が止まったりするし。その時が止まっているところに、別のシーンがフラッシュバックみたいに入ってきたり、不思議な感じ。混ぜ具合は確かに面白いです。

にしても、前半の何でもないホンワカしたところがもっと長くてもよかった気がしましたね。ジョン・ブライオンの音楽は面白かったですけど、話がどんどんヘヴィーになり、最後は諦念に満ちた感じで。今の自分が一番観たくないような……。彼女の役は35歳って設定で、僕なんかその年を越えちゃってるからってこともあるんでしょうけど、35以下の人は観てもそんなに落ち込まないかもしれない。若い人に向けて撮ってるのかな。そう考えるとアンハッピーエンドでもないか。点数は75点。なんでしょうねぇ。決して悪くない、つまんなくはないんですけど。

劇場ではたいしたのを観てないです。『アルゴ』は駄目でしたね、ひたすら。史実だからしょうがないと言えばそうなんですが、脱出劇なら敵を騙すプロセスとか、ちゃんと描かないと面白くならない。イスラム教徒を馬鹿にしてんのって気もした。50点。『リンカーン／秘密の書』は、CGでリンカーンがバック転するような映像ばっかりで、どんな悪い冗談だ。50点。昨日は閉館が決まったシアターN渋谷で2本観たんですけど、『トールマン』はホラーのふりしてホラーでも何でもなく50点。トム・サヴィーニが特殊メイクに関わってる『ヘッドハント』は最初からくだらないと分かってて観たんで、別にまぁって感じで65点。しかし『トールマン』は丁寧なつくりなのに全然面白くなく、あきらかにゲテモノの『ヘッドハント』と甲乙つけがたいつらさだなと思って。一体みんな何を求めてこういう映画を観にくるのか。そんなのに比べたら『ザ・フューチャー』の方が全然好きですよ、素直に。

26 『ムーンライズ・キングダム』ウェス・アンダーソン監督

『007 スカイフォール』はマジFuckですよ。冒頭のアクションはいいんですけど、後半はもうどーでもいい。最後の方は監督のサム・メンデスの映画になっちゃってて、007じゃねーよ！あんなの。例のテーマ曲ながしてアストンマーチン出せば007映画でしょって、あとは自分の好きなことやってるだけ。乗っ取りですよ。どういうつもりだ、いったい。で、最終的に僕が出した結論は、ダニエル・クレイグはジェームズ・ボンドじゃなくてゴルゴ13をやれ！　45点。あと、クマが出てくるの、何だっけ？　あぁ『テッド』か。これがまた落ち込ませるような映画だったな。要するにオタクっぽい生き方を肯定する映画なんですよ。そういうのが一番嫌いですね。無邪気だなーと思いますよ。アメリカはまだあんなんで生きていけるのかな。45点。

そんななか、90点くらいあげなきゃいけないのが『ムーンライズ・キングダム』。まぁ、正直言うとビミョーなんですけど。観っててだんだんムカついたりもするし、ハハハ。育ちのいい人が、品のいい絵本みたいな映画をのんびり撮ってるんだなーって。僕なんか音楽とか絵とか、金持ちの道楽じみたこと一生懸命やって全然カネにならないから腹立ってくるんですけど……。

でもねー、いい映画ですね、ハッハッハハ。ウェス・アンダーソンのいつもの感じですが、絵本度が上がりましたね。監督本人はノーマン・ロックウェルを引き合いに出してましたけど、美術の凝り具合とか、今時あんな贅沢できるのは、この人だけかもしれない。

今回は子供が主人公なんですが、内容は子供向けじゃないっすよ。でもPG12にすることはないよなー。なんでだろ？　不倫は出てくるけど、直接的なシーンがあるわけじゃないのに。子供の頃、R指定の映画ばっかり観てた僕なんて、なんなんだって感じですね。いやな世の中ですね。

けっこういいシーンがありましたよ、男の子と女の子が辿りつく入江のところとか。脚本もよく出来てて面白いし。DEVOのマーク・マザーズボーがつくったボーイスカウトのマーチもよかったですね。

しかし、眼鏡をかけて賢くて、よくしゃべる、そういう子供が出てくるとムカッとせざるをえない。ウザイ！とか思って。でもウェス・アンダーソンって『天才マックスの世界』（'98）からして、そんな映画だったしなー。

それと、観ててやっぱりジャック・タチを思い出しましたね。花火でパニックになるとことか、コミカルなアクシデントの感じが、ジャック・タチの『トラフィック』（'71）みたいに、交通事故がガンガン起きるけど誰も死なないようなニュアンスですよね。

しみじみ子供が嫌いなんだな俺は、という気にはなりましたけど、そんな狭い考えの人間でも楽しめましたね。幸福な気持ちになれました。淡くて甘ずっぱい記憶をね、よみがえらせてくれるような、ってテキトーに言ってるみたいですけど、本当にこういう映画があってくれてよかったです。

27 『フライト』ロバート・ゼメキス監督

年末年始はファスビンダーがテレビ用に撮った『ベルリン・アレクサンダー広場』（'80）のＤＶＤをずっと観てました。全14話、約15時間。リマスター版が３月にユーロスペースで劇場公開されるというんで、配給元のＩＶＣの人がサンプル盤をくれたんですよ。しかし、いくらこの監督が大好きでも、女を殺した巨漢のオッサンが出所して悪人に騙される話を正月に延々観てるのはどうかと思うんですが、晩年のファスビンダーらしくメロドラマに包んであり、オッサンがやたらとモテる。１００点！　ファスビンダーだから当たり前でしょう。

試写会では『フライト』が面白かったですねー。ファスビンダーと違って監督のゼメキスに思い入れはないんですが、パイロット役のデンゼル・ワシントンが、酒飲みまくってクスリやりまくって女に手を出しまくるどーしよーもない男で、ハハッ。トニー・スコットの遺作『アンストッパブル』（'10）での機関士役とはまさに真逆。でも、そこにかえってゼメキスのトニー・スコットへの思いがあるんじゃないかと勘ぐったりもして。そんなキャラクターに魅かれ――応援しながら観るってわけでもないですけど――この男と映画が、いったいどこに行くのか気になるんですよ。なんか、これまで観たことのない感じの映画。感心させられました。そうとうスゴかったです。前知識なしに観ましたけど、これ、オリジナル脚本だったんですね。たぶん脚本だけだと、どんな映画になるかよく分かんなかったはず。それをこんな見事に1本の映画にするんだから、アメリカってスゴイなーと、素直に思いましたね。90点。

映画館でもいろいろ観ました。『ルビー・スパークス』は、エリア・カザンの孫娘が主演と脚本という、前々回紹介したミランダ・ジュライと同じくずーずーしい女なんですが、ハハハ、自分を可愛いと思ってるとこが違う。実際、少し可愛い。『うる星やつら』みたいなモテない男のずーずーしい話で、でもそういう自分勝手さを揶揄するようなとこもあり、ちゃんとしてんなーと思ったら、最後はハッピーエンド。クサクサした毎日を送ってる俺からすると、都合よすぎ。75点。エリオット・グールドが見られたのはうれしかった。『フランケンウィニー』は怪獣映画になっちゃってて、元の短篇の方がよかったな。75点。『LOOPER／ルーパー』は『ターミネーター』みたいだと聞いてて、確かに息子を守る母親の名前が同じサラだし。でもじつは『ラ・ジュテ』じゃないかと。あの映画を元にした『12モンキーズ』のブルース・ウィリスも出てるから……って知らない人にはどうでもいいですよね。これも75点。ウディ・アレンの『恋のロンドン狂騒曲』も観たなぁ。いつもの手癖と調子でハイハイ撮ってて、感心しなかったです。救われる人と救われない人がいるのもいつも通りで、だからなんだって。ダメなときはホントダメですね、ウディ・アレン。70点。『ホビット　思いがけない冒険』も観たかったけど、長そうでやめた。

28　『ホーリー・モーターズ』レオス・カラックス監督

これは誰でも言うに決まってるから別に言いたくも

ないんですが、カラックスとクローネンバーグの新作が、ホントよく似てるんですよ。まず両方とも主人公がずっと白いリムジンに乗っている。そして描かれてるのが一日の出来事。んで、どっちもデジタルの感じを前面に出してる。あと、なぜかクローネンバーグの方にカラックス映画の常連だったジュリエット・ビノシュが出てるというねじれ現象には笑ってしまった。

クローネンバーグの『コズモポリス』の主人公は成功したビジネスマンで、良心がないわけではないが、経済至上主義の非人間性が彼から現実感を削いでいく……ってテキトーに言ってますけど、ドン・デリーロの原作、新潮文庫で出てますから読んでください、ハハハ。際どいことは起こるものの、乾いた感じで基本しゃべってるだけ。誰だか分かんない人が出て来て、いきなり突っ込んだ会話をしだすとか、へんな映画なんですよ。そういう突飛さはクローネンバーグっぽくて面白いんですけどね。点数は85点。ちなみにオープニングはポロック風でエンディングはロスコ風です。あ、思い出した。カラックスともう一個共通点があった。両方とも、無軌道に銃をぶっ放す場面がある。でも一番怖いのは、二人で銃を手にしたまんましゃべってて、撃つ気があんのかないのかさっぱり分からない『コズモポリス』の人たちですね。

カラックスの『ホーリー・モーターズ』はオシャレさが消えて、ある種の北野武映画みたいになってました。どーしよーもないデタラメさに優秀なスタッフが付き合わされてる感じが。青臭さ大爆発ですけど、カラックスはあのまんまでいいんですよねっ！ 絵に描いたような幻想シーンとか、最初は大丈夫か？って思ったけど、どんどん引き込まれました。ドニ・ラヴァンがリムジンでいろんなとこを訪ね、よく分からないことを延々させせられる。その一つ一つのエピソードがすごい面白い。輝いている。でもその面白さを人に説明できない……。ジェラール・マンセの歌が最後の方で流れ、僕は元々好きだったんで、そこは無条件で泣いてしまいましたけど。あと、冒頭に映画館の観客が出て来るんですが、フィルムの質感捨てた感じが映画ファンを突き放す方向に行くのかなと思うと、最後の最後で『顔のない眼』（'59）のオネーチャンっていうかもうオバサン（エディット・スコブ）の演じる運転手が、あの映画みたいにお面をつける。そういうところで、やっぱり衰退していく映画について言おうとしてたんだなって。でも、話がワケ分かんないことに変わりはなく、それでいてもう一回観たくなる。こんな映画、他にないです。これはもう観てもらうしかない。95点。

今月は忙しかったから、他は全然観てません。『アウトロー』の話はまだしてなかったですか？　あれは大好きで90点あげていい。トム・クルーズみたいに自分でプロデューサーもするスターってもうなかなかいないから、貴重ですよ。悪役のヘルツォーク（ドイツの監督）もスゴかった。ほとんど演技してないけど、その存在感が。

29　『孤独な天使たち』ベルナルド・ベルトルッチ監督

ベルトルッチって、近作は神経過敏な若者をあったかく見守っててていい感じですけど、撮り方がコロコロ変わるんですよね。『ラストエンペラー』（'87）とかの大作はどこいったんだって思いますよ。織細さとイタリア的なおおらかさの共存がこの人の面白いところですが、資質として若々しさがあり、作風が何回転もすることでそれが保たれている。

『孤独な天使たち』の主人公は14歳の少年で、母親には1週間のスキー合宿に行くと言って自分ちのアパートメントの地下室にこもる。ナサニエル・ホーソーンの「ウェイクフィールド」みたいな……あっちは失踪した旦那が実はずっと近所に住んでたって話ですが、こっちは異母姉が闖入してきて。まぁ、孤独で内向的な若者が主役という点では今の時代とリンクしてるんですけど、やさしいだけの映画ではない。地下室のセットや照明がとてもよかったですね。不用品の置かれた薄暗い地下室でコソコソやってる感じは、今の映画の在り方みたい。暗闇の中に存在する、必然性がないもの、必要のないもの。その意味では、ベルトルッチもアルジェント（『サスペリア』などホラー映画で知られるイタリアの監督）も差がない。昔、ベルトルッチが東京国際映画祭の審査員で来日した時、『蜘蛛女のキス』の女優（ソニア・ブラガ）と超イチャイチャしてるのを見たことがあって、イタリア人だなーと思いました。今は病気で車椅子だそうですけど、『孤独な天使たち』に出てくる中年男――姉貴のパトロンみたいなオッサンはベルトルッチ自身の投影でしょう。点数は80点。

デイヴィッド・クローネンバーグの息子（ブランドン・クローネンバーグ）の監督デビュー作『アンチヴァイラル』は、ここまで親父と同じ趣味に走るって、どうなの？ バロウズとバラード、ディックに憧れる学生が撮ったような映画。平坦な語り口も初期のクローネンバーグっぽい。70点。

劇場で観た『キャビン』はホラーなんだけどコメディでもあり、変わったことしすぎて逆に印象に残らない。70点。『世界にひとつのプレイブック』は頭のおかしい人たちの話で、ほのぼのしててよかった。クリス・タッカーがよかった。アカデミー主演女優賞のオネーチャン（ジェニファー・ローレンス）もよかった。好きなタイプじゃないですが。90点。あぁ、『ダイ・ハード／ラスト・デイ』は3作目以降では一番観られたけど、シリーズ中、一番安くもあり、経費削減のためにロシアで撮ってるのがよく分かる。『知りすぎていた男』（'55）みたいな外国での巻き込まれ型の映画が最近多い気がして、世界の事件は全部ロシアで起こるみたいな、ハハハ。それにしてもブルース・ウィリスは映画に出過ぎでしょ。しかもみんな銃ブッ放す役だから何をやってもおんなじで、『ダイ・ハード』である必然性がない。すごいと思ったのは、いとも簡単に裏切りがなされること。それが今の時代の陰惨さを象徴してるな、と。薄情さや残酷さがちゃんとそれとして認識されない世の中だから、アクション映画はもっとしっかり残酷さを描かないといけないと思いました。70点。

30 『スプリング・ブレイカーズ』ハーモニー・コリン監督

実在のギャングが主人公の『L.A.ギャングストーリー』は、暴力描写は過激なのに映画としてはなぜかやたらと軽い。'40～'50年代のロスが舞台だと、どうやってもノワールっぽくはなるんですが、話が分かりやすすぎる。『マルタの鷹』（'41）を見習えとは言わないけど、こんなんでいいの？と思いましたね。役者は揃っていて、ショーン・ペンはジェームズ・キャグニーを完全に意識していたし、ジョシュ・ブローリンは前からニック・ノルティと似てると思ってたんで、二人の共演が個人的には面白く――ニック・ノルティが相当なじいさんになってたのはショックでしたが――薄っぺらいけどつまんなかないんで、80点くらいあげてもいいかな。

『スプリング・ブレイカーズ』もやっぱり薄っぺらい、ハハ。でもこっちは現代の話で、あきらかにワザとやってる。今って薄さから逃げられない時代ですからね。ふてくされた大学生のオネーチャン4人が、春休みにフロリダ行ってハメを外すんですけど、なぜかずーっとビキニ、それで目出し帽かぶって銃器持った格好は、マルセル・ザマの描く絵そっくり。それはともかく、この映画を的確にたとえるなら、北野武の映画をソフィア・コッポラがリメイクした感じ、ハハハ。若者の鬱屈ぶりは『サウダーヂ』（'11）とも通じますね。日本でいうなら、ヤンキーとオタクの違いなんてもうない、どっちもおんなじで、しょせん世の中こんなもんでしょってのが顕著に出ている。

しかし、ちょっと非現実を描くとファンタジーみたいになるのは何でですかね？　ラストの殴り込みなんて、ヤクザ映画というより武の映画の白日夢っぽい雰囲気でしょう。前々回の『ホーリー・モーターズ』もそうでしたが、世界が北野武映画になりつつあるというか。手放しで喜んでいい状況とも思えないものの、他に何があるかと言われても困っちゃうし……。

怪しいヤクの売人になりきったジェームズ・フランコがよかったですけど、ピアノでブリトニー弾いてって言われるシーンなんか、弾く真似もせずただ音が流れるだけ。薄っぺらさの最たるもので爆笑、感動しましたね。つい先日亡くなったジェス・フランコの偉大さがまざまざと思い起こされましたよ。ホラーやポルノを何百本も撮ったスペインの監督ですが、どれもがぼーっとした映画で、『スプリング・ブレイカーズ』はその域に迫っている。ネーチャンたちは誰が誰だか分からないし、この薄さはもう映画じゃないのか。いや、だからこそ映画なのか。いずれにしろ好きです。

すごい好き。90点。もっとこんなデタラメな映画が作られていい。いや、寧ろ作られてるか……。

　劇場で観た『ジャンゴ　繋がれざる者』は、あいかわらずジャンル映画のふりをしながら煮え切らなさを発散してましたけど、クリストフ・ヴァルツの死ぬのが少し早い気がした。80点。クローネンバーグの旧作『ザ・ブルード　怒りのメタファー』（'79）は、昔観た時より脚本がよく出来てると思いました。幼児虐待の連鎖をホラーに置き換えたところとか。オリヴァー・リードも素晴らしいです。あんな役者が今もいるといいんだけど。90点。

31『華麗なるギャツビー』バズ・ラーマン監督

　素晴らしいです！『華麗なるギャツビー』ホントすごかった！久々にすげー金のかかったアゲアゲの映画を観たって感じ。

　最初は３Ｄにする必要あんの？と思ってましたが、実際に観たら、これはもう３Ｄでなきゃ駄目だ。打ちのめされました。画面の手前と奥でピントが強引に移動するところが３Ｄで一番気持ちいいんですけど、それをバンバンやってる。夢のようですよ。城みたいな豪邸にグーッとカメラが寄ってくとことか、ちょっと『市民ケーン』（'41）を思い出しました。いや、別にディズニー映画のお城でもいいいんですが、とにかくすごい！やられましたね。呆気にとられるばかりでした。後半も地味なりに素晴らしいんですけど、前半がハンパない。ディカプリオはさすがにスターで、彼の出てくる瞬間がまたすごいんです。その華々しさは筆舌に尽くし難い。圧倒されます。笑っちゃうくらい。ここ気合入ってんなぁ！って感じ。かつてのフェリーニやケン・ラッセルみたいな豪華絢爛な画作《え》りはもう観れないだろうと思ってたら、ＣＧがあれば出来んですね。

　'20年代の話なのにジェイ・Ｚプロデュースの曲がガンガン鳴って、そういう違和感も有無を言わせず押し切る。これはやっぱり低音のブンブンきいてる劇場で観ないと意味がない。悪趣味のキャバクラに行ったような気分になる映画なんですけど、ハハハ、あの迫力で来られると、もう何でもいいやって。妥協のないアッパーぶり、その力技がすごい。これでもか、これでもかって。今、こうしたデカダンな世界観とか狂乱みたいなものを真正面から映画でやろうという人は他にいないでしょう。でも、映画はいつもそういうものを必要としてると思うんですけどね。

原作あんのに話の構成はバズ・ラーマンの前の前の映画『ムーラン・ルージュ』（'01）と全く一緒。ぼくは原作なんか何度も途中で読むのやめてるし、レッドフォードがやった映画も観てませんが、今回の映画化は本当にバッチリです。とにかく劇場で、しかも３Ｄで観てほしい。点数は90点。まぁ不満もあって、最後の方は女優の扱いがひどい。原作通りかもしれないですけど。あと、ヒロイン（キャリー・マリガン）より脇のオネーチャン（エリザベス・デビッキ）が好きなのに、彼女は途中ほとんど出て来ないとか……でもとにかく素晴らしいです！

『飛びだす 悪魔のいけにえ レザーフェイス一家の逆襲』は『悪魔のいけにえ』（'74）の後日談ですが、こっちは逆に３Ｄの必然性がなかった。けっこう残虐なのは嬉しいですが、普通にドラマやってて。トビー・フーパーの映画とは全然違うものですわ。変な脅かしはあるけど怖くない。つまんなくはないけど余計なことやってるだけのような気がしてしまう。70点。

『オブリビオン』を観た時は寝不足だったので、すごい寝ました。荒廃した地球を旅する話かと思ったら、全然違いましたね。またこれもヒロインじゃないオネーチャンの方が可愛いんですよ。50点。いやー『ギャツビー』はもっかい観に行きたいですねー。ああいうのが好きなんだ、つくづく。

32 『スター・トレック イントゥ・ダークネス』J・J・エイブラムス監督

僕はトレッキーじゃないんで、『スター・トレック』は子供の頃にテレビで観たのんびりした印象しかなかったんですけど、今回のは全然違った。エンタープライズ号——あらためて見ると変な形——が主人公ってのは守ってましたが、超せわしないのでびっくりですよ。慌ただしい慌ただしい！ 冒頭とか特に。スコアや音もせわしなかったですね。変なアングルで撮るのに凝っている感があり、スケールのでかいことが次から次へと連続的に起こる。すごい暴力的だし。大変な数の人がバカバカ死んじゃう。大体スポックが人をぶちのめすのを見たの初めてですよ。衝撃的すぎて笑っちゃった。あんなキャラだったっけ？　でも、顔はレナード・ニモイ（テレビ版などのスポック役）より可愛らしいんですよね、ハハ。カーク船長は野々村真にしか見えなかったし、ドクター・マッコイは石野卓球で、アジア系のクルーは僕の友達にソックリ、ハハハハ。いやー、せわしなさが楽しかったです。無意味な着替えシーンとかもあったりして。でも、なにかというとテレポーテーションするのはズルイ感じがしたなぁ。あと、ものすごい広い画《え》からの急なズーミングは、今のSF映画の象徴ですね。タランティーノがよくやるイタリア映画風のとは違う、CGになったから出来るズーミング。監督のJ・J・エイブラムスは好きじゃないですけど、この映画は普通に観れました。エンジョイしましたよ。満足度は高い。85点。

『ワールド・ウォーZ』はゲームっぽかったですねー。違うステージに移りながらミッションをこなすという。エルサレムのゾンビ・ピラミッドは斬新だったけど、その後は地味になっていくし。研究所の場面なんかは今の映画の悪いところで、建物の構造が分からないからサスペンスの生まれようがない。金がかかってるわりに全てがあっさり。あと40分長くして、曖昧さや複雑さを盛り込んだ方がよかった。それが映画の面白さでしょう。しかし、映画ってこれからどんどんゲームっぽくなってくんですかねー。70点。

僕の好きな監督、シャマランの『アフター・アース』もミッションをこなす話ですが、全然ゲームっぽくはない。前半がとにかく変で、宇宙船のビニール・カーテンみたいな自動ドアが、カメラの前でしつこく閉じたり開いたりして、意味不明なこだわりですよね。全体にデザインが無印良品っぽく、役に立つのか立たないのか分からないスーツとか、ハイテク度合いとアコースティック度合いの配分も謎だし。点数は、前作の『エアベンダー』（'10）があんまりだったんでホッとして点が甘くなり80点。

シュワルツェネッガーの新作『ラストスタンド』はソツなさすぎでしたが、スタローンの『バレット』は意外と面白かった。ウォルター・ヒル監督のホントの良さはこんなもんじゃないという気もしたけど、アクション映画としては水準でしょう。『エクスペンダブルズ』（'10）なんかより全然いい。85点。そうそう、音楽をわざわざライ・クーダー風にするなら、本人に頼めば？と思いました。

33 『リチャード・フライシャー 傑作選 DVD-BOX』収録作品：『カモ』『静かについて来い』『その女を殺せ』

日本のアニメをハリウッドでやったようなものかと思って観た『パシフィック・リム』は、いろんな要素を寄せ集めて、結局違うものになっていた。オタクじゃない僕が語るのもなんですが、向こうの人は本質的に「萌え」とかないんですよね。日本の感覚が異常なんでしょうけど、どっちにしろ僕とは関係のない映画だなと。『トランスフォーマー』に比べるとロボットの重量感やスケール感はよく出ていた。ＩＭＡＸで観たら相当迫力あるだろう、とは思わされましたね。怪獣研究者コンビの片割れが爆笑問題の太田によく似て、菊地凛子や芦田愛菜が出るんだったら、太田も出ればよかったのに、ハハハ。70点。

4人の監督のオムニバス『ポルトガル、ここに誕生す　ギマランイス歴史地区』の試写は疲れてたから記憶を失う瞬間もありましたが、それでも『パシフィック・リム』よりストイックなこっちの方が、僕はしっくりきて好きですね。あっちに比べたら、他は大抵ストイックに見えるという話もありますけど、実はそんなに差はないのかも。デジタル撮影になって、どんな映画もある程度のクオリティが確保され、映画の幅がなくなったというか。よくも悪くも、この2本は昔だったらもっと全然違う映画になった気がする。

で、今月の本題はフライシャーのＤＶＤ3枚組です。まだ『その女を殺せ』（'52）しか観てませんが、やっぱすごいですね！　余りに巧みすぎて「ここ巧みです！」というフラグを立てようがない。室内の捉え方なんか、あらゆる角度から練られている。あらゆるシーンが計算されている。一瞬一瞬の密度、充実度がハンパない。脚本もよく出来ている。列車のコンパートメントをうろうろしてるだけの映画だったりもしますが、ヒッチコックの『バルカン超特急』（'38）みたいにこれみよがしじゃないんですよ。キッチュとは無縁で、そこがすごく正しい。フライシャーは猟奇的な犯罪映画も結構撮ってるんですが、そのすべてがまっとうというか、真実というか、そういうことを最終的に突きつけてくるんです。とにかく全て卓越している。ホントにやられました。で、なおかつ観終わって、これが71分しかなかったと知って愕然ですよ。他の2本、『カモ』（'49）と『静かについて来い』（同）なんてどっちも60分！　今、1時間ちょっとでこんな映画撮れる人いますか。いやー、すごいですねー。現代にフライシャーのいないことが、何より一番つまらない。95点！

このDVDはブロードウェイって会社の「巨匠たちのハリウッド・シリーズ」のひとつですが、他も全部素晴らしいとしか言いようがないですね。ドン・シーゲル、アンソニー・マン、ダグラス・サーク、マックス・オフュルス、ジョン・ヒューストン、サミュエル・フラー、ジョゼフ・ロージー……。ミニマルな環境でいかにベストを尽くし面白いものを作るか、出来ることは全部ぶち込んでる本当のプロたちって感じがします。それを今、カネかけてやろうとしても腑抜けた感じにしかならない。昔はよかったとか単純な話じゃ絶対ないと思うんですけど。

34　『天国の門　デジタル修復完全版』マイケル・チミノ監督

宮崎駿の映画を初めて観ました。『風立ちぬ』。僕の場合、テレビの『未来少年コナン』で止まってましたから。友達と集まったら、みんなで映画観ようというんで一緒に行ったんですが、号泣しました。内容にじゃなく、宮崎駿はそうとう絶望してんだなーと思って。もう分かりました、勘弁してくれって、ハハハ。70点。『オン・ザ・ロード』は意外といい映画でした。文学臭おさえめで、気取ったところや奇をてらったところがない素直な映画だった。ケルアックの原作（『路上』）は何度も読みかけて挫折してるんですけど……。'50年代の風景を再現するのは大変なはずなのに、けっこう軽々とこなしてましたね。根なし草の人たちがワイワイ楽しく生きることを謳歌する映画かと思わせといて、いつまでも適当にやってられるわけじゃないという現実を最終的に突きつけられる。身につまされました。85点。

今月はマイケル・チミノの『天国の門』が素晴らしかったです！　莫大な金をかけたのに評判も興行も散々で、由緒あるスタジオのユナイテッド・アーティスツをつぶしちゃった'80年の大作。その時は2時間半にカットされての公開だったんですけど、今度のはチミノ監修による3時間36分のデジタル修復完全版。これが驚くほど長さを感じさせず、2時間ちょっとにしか思えなかった。なぜ悪評だったのか全然理解できませんね。観た後の満足感がハンパない。20世紀が誇る大仰傑作じゃないですか。風呂敷は広げるんだけど、大仰なドラマでは決してなく、その中に入っていける、そういう他にはない感覚。舞台となる町まで丸ごと全部作っちゃって、すべてが本物、まやかしじゃない。しかし、この映画の壮大な風景を見て思ったんですけど、最近の映画は風景を引きの画《え》で撮るのが少なくなりましたね。ホラー映画でも『13日の金曜日』で湖にボートが浮かんでる引きの画を見せて、普通の客を油断させるとか、そういう余裕が今はないでしょう。マニアに奉仕するだけで。

役者はみんなキャラクターが立っている。イザベル・ユペールとかも可愛いし。まあフランスの女優とカントリー歌手のクリス・クリストファーソンのカップルというのも不思議な組合せですけどね。描写も尋常じゃないです。まるで高速道路みたいに馬車がいっぱい走るシーンなんて、どこへ行くのかさっぱり分からないものの、あんなの後にも先にも見たことない。冒頭のダンス・シーンはカメラがグルグル回って、その絢爛さは筆舌に尽くしがたい。すごい撮影だと思いますよ。なんでこれをこんな強調して見せんの？って感じもありますが、映画の魅力は端正な語り口だけじゃないんだと思い知らされますね。理屈をつければ、ダンスの華やかさと後に出てくる戦争の悲惨さの対比ってことなんでしょうけど。古い映画の見せ方なのかな。でも今の映画より全然面白い。過去のものとは思いたくないですね。とにかく打ちのめされました。

久々に映画のスゴさを堪能した。これだけは何があっても観てほしい、絶対に。ＤＶＤじゃなく映画館で！　観ない人は、この連載を読まなくていいです。１００点。

35　『恋するリベラーチェ』スティーヴン・ソダーバーグ監督

リベラーチェって、日本人は知らないですよね。ピアノがうまいアメリカの芸人で、ど派手な衣装に身を包み、クラシックとかポップスとかを滅茶苦茶にアレンジして弾きながら喋る人。向こうではすごい有名だから、ニーナ・シモンの歌にも出てくる。僕は前から存在は知っていて、YouTubeで観たりしてました。そのリベラーチェをマイケル・ダグラスが演じるというんで、いつの間にかなっていたマイケル・ダグラス・ファンとしては試写に行かなきゃと。

映画は肝心のショーの雰囲気があんまり伝わってこなかったのが物足りなかったですけど、マイケル・ダグラスはリベラーチェの特徴をとらえてて、本人そっくり！　でもそれより驚いたのは、親父のカーク・ダグラスにますます似てきたこと。リベラーチェが自分の出てるテレビを観て、「ウソ！　父さんそっくり!!」と叫ぶシーンは、現実のダグラス親子とシンクロしてるようでしたね。相手役のマット・デイモンは、最後の方になるまでマット・デイモンということ自体分からなかった。あれ、特殊メイクですか？　ゲイ同士でセックスしまくってましたが、全体の雰囲気としては、なんだかテレビ映画っぽかった。実際ケーブルテレビ局のＨＢＯ製作ですから。

リベラーチェのショーって悪趣味の代表格みたいなもんなんですけど、決して突き放してるわけじゃなく、あったかい感じで描いていて、そこはよかったんじゃないですか。あと、ロブ・ロウがすごかった！　整形外科医の役で、マネキンみたいに顔の筋肉がほとんど動かない。マイケル・ジャクソンの蠟人形かってくらいの存在感。あんな役よくやるなー。気味が悪くてほんと面白かった。最大の見せ場ですね、ハハハハ。監督のソダーバーグは苦手だから期待してなかったですが、まあまあでした。悪い映画じゃない。85点。

今月試写会に行ったのはそれだけで、劇場でも2本しか観てないです。『ホワイトハウス・ダウン』は、ホワイトハウスの周りだけでドンパチやってるという、スケールの小さい謎の映画。最終的にムチャクチャになるんですけど、主役の若い役者（チャニング・テイタム）に魅力のないのが絶望的。大統領役のジェイミー・フォックスはオバマより全然いい人だなと思いました、ハハハ。これは誰もが指摘することですが、ホワイトハウスが簡単に乗っ取られ過ぎで、苦笑いするしかない。65点。『ウルヴァリン――SAMURAI』はよかったですけど、国辱とかじゃなくて、普通に考えられねーだろってシーンの連続。主人公が女と一緒に芝の増上寺から走って逃げる先が秋葉原経由で上野駅って、走り過ぎだろ！　新幹線の屋根の上のヤクザとの闘いで、屋根に突き刺せるドスって、どんなドスですか！　木の電車じゃないんだから。九州で主人公たちが泊まるのは、銀座にある黒川紀章のカプセルタワー、しかもラブホテルって設定、ハハ。でも懐かしい日本って感じで、いいと思いました。好きですね。前半のVシネ風のとこと中盤のドラマ部分が面白いけど、最後が突然従来のX-MENっぽくなり、つまらないのが残念。85点。

36 『オンリー・ラヴァーズ・レフト・アライヴ』ジム・ジャームッシュ監督

ジャームッシュの『オンリー・ラヴァーズ・レフト・アライヴ』は、俯瞰のカメラがレコードと一緒にぐるぐる回る冒頭から惹きつけられました。どうしようもなく殺伐とした絶望的な世界の中で、吸血鬼のカップルがとても微笑ましく見える。音楽や文学の固有名詞をちりばめるあたりはいかにもジャームッシュで、こういうスノッブなのはもう終わってるなと思いつつ、それすら郷愁を感じ、愛おしくなってくるんですよ。ティルダ・スウィントンは相手役のトム・ヒドルストンより実年齢が20歳くらい上なんですが、全然気にならない。どっちも顔色真っ白だし。しかし、ティルダ・スウィントンってあんな綺麗な人だったんですね。見直しました。何百年も生きているという設定ですけど、確かに中世の人みたい。ロケーションのデトロイトの街も、荒廃しまくった感じがとてもいい。チェリー・フェザーズとか音楽もよかったです。どっかティム・バートンっぽいところもあり、過去の吸血鬼映画のエッセンスが面白い感じでアレンジされてました。吸血鬼の弱りぶりには泣きそうになってきて、こんな弱々しくて応援したくなる吸血鬼の映画は初めてかもしれない。でもラストは、絶滅危惧種であっても静かに滅ぶだけじゃなく、闘っていかなきゃならないというメッセージと受け止めました。ファンタジーのようでいて、今の酷い状況をちゃんと描いている。そこにみんなもっと目を向けてほしい。この映画で吸血鬼たちが人間を「ゾンビ」と呼ぶのは、世の中終わってるってことですよ。ロメロがゾンビ映画で訴えてたのも、そういうことでしょ。90点。

リドリー・スコットはこれまで何を観てもビミョーな感じだったんですが、『悪の法則』はスゴかった。極悪！　殺伐としまくりです、ハハハハ（編集部注：ほめてます）。こんなに気持ちがいいまでに救いのない映画も久々。いっぱい出てるスターたちが、とにかく酷い目にあう。スピルバーグの残虐描写を超えようとしてるのかもしれない。かつての売りだった、カッコつけた映画的なビジュアルなんかも捨てて、デジタル撮影で開き直ってるところにも本気がうかがえました。過酷な現状を簡単に否定するんじゃなく、徹底的に暴露する。世界の仕組みの実態を、余すところなく描き尽くす。それは、世界の在りようは変えられないという単なるニヒリズムとは違う。殺伐とした世界を、勇気をもってそのまま描くしかないという覚悟。今の日本には皆無でしょう。いまだに絆とか言って……。脚本は『ノーカントリー』（'07）の原作者コーマック・マッカーシーのオリジナルで、あの映画にあった説教臭さは監督のコーエン兄弟の資質かもしれませんけど、『悪の法則』はそれも排している。その妥協のなさにやられました。郷愁のない『ガルシアの首』（'74）というか。こちらも90点。

どーしようもない方向に世界が向かっていることを、ジャームッシュもリドリー・スコットも偽りなく語っている。どちらも最前線の映画って感じがしました。新しいやり方で世界に対抗していかなきゃいけない。

37 『ビフォア・ミッドナイト』リチャード・リンクレイター監督

『ビフォア・ミッドナイト』は同じ監督と主演二人による連続した話の3作目。それぞれ相手がいながら惹かれ合ってた二人が、一緒に住んで双子まで出来ちゃってるものの、まだ問題ありという。前2作もリアルタイムで観ていて、1作目は訳が分からず、2作目はわりと好きだったんですけど、主人公たちが僕とほぼ同い年だって今回気づいた。僕は結婚してないし、家族とかも関係ないので、真の意味では理解してないかもしれませんが、同世代の男女間のただれた感じは身につまされましたね。

リンクレイターはちょっといないタイプの映画監督で、撮る題材は多岐にわたるのに作風は職人風ではなく、かといって下手でもない。というか、ものすごい技術がある。そういう意味で謎の人。この映画も主人公二人が矢継ぎ早に延々喋るのを、頻繁に切り返して撮ってるのに、まったく繋ぎ目を感じさせない。あれは技術的にとんでもないですよ。これ見よがしじゃなく、分かんないようにやっている。近頃よくあるPOV（主観ショット）の映画なんて安易そのもの。カットを割るのが映画でしょう。映画の基本をあらためて提示したいのかなって感じはしましたね。脚本は監督と主演の二人が共作してて、演出・演技を含め、なみなみならぬコンビネーションでした。体調悪くて、しかも徹夜明けで観たんで、なんの話をしてるのか分からなくなる瞬間が何回かありましたが……。限られた人物が喋り続けるというのでは、キアロスタミの『トスカーナの贋作』（'10）を意識してる感じもあり、それと同じようなことをアメリカ映画で堂々とやってるのに驚きますね。

でも、他人にどう伝えていいか分かんない映画ですね。ロマンスっぽい部分が前より後退し、カップルでぜひという映画でもなくなってる。まあ二人のキャラクターを受け入れられれば、問題なくノレると思いますけど。しかし、太っちゃったジュリー・デルピーが頼んでもないのに脱いじゃって、これほどの無駄脱ぎは最近ないです。つか、脱がなくていーから、みたいな？　遠くに来ちゃったなーって感じがしますよ、ハハハ。感慨ばかり。85点。

『アイム・ソー・エキサイテッド！』を観て、アルモドバルのコメディは好きじゃないって、しみじみ思った。初期のキッチュな感じに戻ったんじゃないですか。映画で観るゲイって面白いんだけど、これはなんだかなー。70点。『キャリー』はヒドかった。新春かくし芸大会か？　映画はお話を動かすだけの装置ではない。大好きなデ・パルマ版を今さら持ち上げる気もないけど、観ることは共犯なんだってことが忘れられている。いじめられっ子はカワイソー、そんな単純なもんじゃないでしょう。勘弁してくれ。45点。『REDリターンズ』は前作より面白かった。前作も好きだったんですが、今回はマルコヴィッチがただの頭のイカれた人じゃなく冷静な部分も出てきて、ヘレン・ミレンもいいし、イ・ビョンホンもカッコいい。役者がみんなよかった。コメディなのにブラックな要素が多いのは、今じゃ珍しいです。ものスゴイいっぱい人死ぬしね。85点。

38　『ラッシュ／プライドと友情』ロン・ハワード監督

最近のロン・ハワードは『フロスト×ニクソン』（'08）しか観てなくて、あれはまぁまぁでしたが、今回はホントすごかった。試写の後、宣伝の人に面白かったですと言ったら、意外そうに「車とか興味あるんですか？」って。いや、F1好きじゃなくても興奮するでしょ。映画でしか出来ないことやってるから。

舞台はほとんどレーシング・サーキットだけみたいな作りなのに、ものすごい熱いドラマで、映画としての広がりがある。最近味気ない映画ばかり観てたから相当きましたね。'76年のワールドチャンピオンシップの話で、当時テレビでなんとなく観た記憶があるんですけど、こんなドラマが隠されていたとは知りませんでした。主人公二人の関わり合いが、とてもよく描けている。どっちも我が強くて、ちょっと近づきたくないようなキャラクターなのに、いつの間にか親しみが感じられてくるんですよ。そのへんの巧みな組み立て方がバッチリですね。久々に映画でちゃんとしたドラマをみたという感じ。プレイボーイのジェームス・ハントを演じるクリス・ヘムズワースは、ハンマー持って暴れてる時（『マイティ・ソー』）は、なんかよく分からないアンチャンだったけど、今回はいいですね。あとやっぱり、ニキ・ラウダ役のダニエル・ブリュールもいい役者だなー。

レース・シーンもすごい。まるでF1が初めて映画の題材になったかのような新鮮さ。フランケンハイマーの『グラン・プリ』（'66）みたいに細かいカット割りで見せるのとも違うし、もちろんテレビ中継とも違う。走行中のマシンのいろんなところにカメラが迫り、それでいてマンガっぽくはせず、とんでもない臨場感を出している。F1マシンがそんなに頑丈じゃなく、乗ってるとどんなに怖いか実感できる。ロン・ハワードには今の技術で撮り方を更新しなきゃという意識があったんでしょう。とにかく撮影が野心的で、狂気じみていると言ってもいいくらい。でも、レースの勝ち負けには重点を置いてないんですよね。二人のうちどちらがチャンピオンになるかは歴史的に決まっているから、そこでハラハラさせるんじゃなく、人と人とのドラマを見せようとしている。そこにすごい充実感があった。あっという間の2時間3分。すごかったなー。はやくもっかい観たいです。95点。

『ゼロ・グラビティ』はIMAXの3Dで観ました。手前に人がいて後ろの方で何かが起きてるという距離感が好きなんですよね。それはいいとして、宇宙空間に投げ出されたサンドラ・ブロックと一緒にカメラも浮遊して延々追っかけてる感じが、なんだかなー。いったい誰の視点なんだよって。カメラの存在が意識されて興醒めなんですよ。『ラッシュ』とは対照的で、ゲームっぽいっていうか、アトラクションに参加させられてる感じがしてしまう。僕はそんなの映画じゃないと思うんですが、それも更新されるべき古い考えなのか……。いや、悪い映画じゃないですよ。宇宙にひとり取り残されて死ぬ究極の絶望感や無常観はちゃんと描き切ってましたから。80点。

39『ウルフ・オブ・ウォールストリート』マーティン・スコセッシ監督

スコセッシとディカプリオのコンビはずっと否定的にしか観れなかったけど、今度のはスゴかった！　全篇ラリってセックスしてるだけ、ハハハ。スクリーンであんなにいっぱいオッパイ見たの久々です。オッパイオッパイオッパイ、白い粉白い粉白い粉、嬉しくて涙が出ましたよ。立身出世物語みたいに思わせといて、底抜けにヒドかった。どーしょーもない人たちのどーしょーもない話、ここまでどーしょーもないことを繰り広げる映画も珍しい。'70年代からアメリカ映画が描いてきたヒドイ乱痴気騒ぎが、まざまざと今更よみがえってきた感じ。'80〜'90年代の話なんですけど、えげつなく詐欺をやってるディカプリオの会社がすごく健全なものに思える。バリバリの金儲け主義なのに、今みたいにコントロールされた在り方じゃないから、なんだか勇気づけられるんですよね。近年の映画にない野蛮さを満喫しました。スコセッシの前作（『ヒューゴの不思議な発明』）はサイレント映画の時代に立ち返ろうとしてましたが、今回は人間そのもののヤバさに立ち返っている。圧倒されました。人間こうあるべきです、ホントに。点数は90点。

しかしディカプリオ、捨て身だなぁ、尊敬した。映画史に残る素晴しいシーンがあるんですよ。友人から特別なクスリをもらったディカプリオが、「全然効かねーじゃねーか」とか言ってカウンタックで出かけるんですけど、外で重要な仕事の電話をかけた瞬間、ドンギマってぶっ倒れ、ホワーとか言って涎ダラダラ、這ってカウンタックに戻り、かろうじて家に帰る。一緒に試写観た樋口泰人さんが「『ゼロ・グラビティ』よりスゴイ」って言ってましたけど、たしかにあの映画でやってたことが、このシーンでは簡潔に、いたって普通の撮り方で成し遂げられている。ディカプリオはこの役をやるためにわざわざ生まれてきたのかって感じですよ、ハハハハ。夢のような3時間。ヒロインのネーチャンも全然脱ぐし、そこは無条件に１００点満点あげたい。それくらい素晴しい映画です。

アレクサンダー・ペインの『ネブラスカ　ふたつの心をつなぐ旅』はなんで白黒で撮ってるか分かんなか

った。悪くはないけど、ラストがなー。75点。ベン・スティラー主演の『LIFE!』も悪くはないけど自己啓発くさい。これ、ダニー・ケイの『虹を掴む男』（'47）と同じ話だったんですね。ネーチャンがデヴィッド・ボウイを熱唱するところは、いい曲だなーとグッときて、ショーン・ペンも相変わらずいい感じ。75点。『ダラス・バイヤーズクラブ』はホワイトトラッシュの男がエイズであと30日で死にますと言われてビビり、認可されてない薬をゲットしようと頑張る話。最近マシュー・マコノヒーは気持ち悪い役が板についてきましたね。差別主義者のヤな奴がだんだん変わっていくのをベタに描かない醒めた感じはいいけど、もうちょっとなんかあってもよかった。80点。『バイロケーション』は古いホラーにありがちな導入部には辟易しましたが、後半、救いのない暗い話になってビックリ。けっこう感心した。勇気あるなー、今の日本でこんな映画作るの。85点。

40 『B級映画の革命家　ジョゼフ・H・ルイス傑作選』収録作品：『私の名前はジュリア・ロス』『秘密調査員』『地獄への退却』

ライヴもあって忙しかったから、最近ほとんど映画に行けてない。それでジョゼフ・H・ルイスのDVDボックスを紹介しようと思ったんですが、パソコンが調子悪くて1分ごとに停まっちゃうんですよ。3枚組のうち、結局『私の名前はジュリア・ロス』（'45）しか観られなかった。というか、パソコンを騙し騙し、その冒頭10分は30〜40回も観ることになり、『レベッカ』（'40）によく似てるけど、ものすごい簡潔な映画だということはよく分かった。たった65分のB級映画とはいえ、あまりにも急ぎ足で物事が起きすぎてビックリですよ。登場人物のキャラクターより、語りの面白さのみで突っ走る。よくある筋立てで、情緒も深みも皆無かもしれないけど、面白いんですね。

ハリウッドでB級ばっかり撮ったジョゼフ・H・ルイスは代表作の『拳銃魔』（'49）と『ビッグ・コンボ』（'55）しか観てなくて、特に（劇場公開題『暴力団』）

『ビッグ・コンボ』はズバ抜けて素晴らしい。それと比べると『ジュリア・ロス』はまだノワールっていうより無難なサスペンス映画って感じで、80点かな。

しかし、こういう簡潔な映画の感触、スタイルが、回顧趣味でなく顧みられる（矛盾してますけど）余地はあるんですかね。B級映画が持っていた可能性は誰か専門家が検証すればいいですけど、今みたいに偏っていない、もっと多様性に満ちた映画の在り方に至る道があったのではないか……そんなこと考えてもしょうがないですけど。最近の映画は、こんな人いるでしょ、こんな話が観たいんでしょで、全部終わるような安易なのに溢れてるから。

その一方で、僕自身は長らく昔の映画を観ないようにしてたんですよ。今の映画に全然つながってなくてガッカリするから。今の映画は昔のものを参考にしちゃいけないとも思う。デジタルで古い映画っぽく作る人もいるけど、そんなの間違ってる。気持ちは分かるけど、そこに映画の未来はない。古い映画なんて、もう求められてはいない。回顧趣味のオタクが喜んでるだけでしょ。そういうのから離れなきゃって、自分に言い聞かせていた。まあ、離れたところに何があるってわけでもないんですけどね、残酷なことに……。

でも、井口奈己の『ニシノユキヒコの恋と冒険』はよかったですね。いま、いい映画ってのは、現実と乖離した死後の世界のようなボンヤリした時間で語られるものだという気がしました。90点。ポン・ジュノの『スノーピアサー』はSFというより寓話にしかなってなくて、それをCGでタラタラやられても真面目に観てらんない。荒唐無稽な話が全部列車の中だけで起きるから、余計嘘っぽくなるし。60点。そんなのを観ると、やっぱり昔はよかったと言いたくもなります。

連載の最後に言うのもなんですが、僕は映画を観るのは好きでも、映画ファンではない。映画観て現代を語ることとかにも興味ないし。ただ、暗い空間に身を沈め、どーでもいい人たちとどーでもいい人生の断片みたいなのに触れると、幸せとは言いませんが、気が紛れるように思うだけです。

3　ゾンビ的考察

ゾンビ映画、ジャンルとしての終わり

もはやゾンビ映画に恐怖を求めることは無理だ。

8歳の頃、ジョージ・A・ロメロの『ゾンビ』を劇場で観た時に感じた得体の知れない不安、この先が読めない未来を描いたドラマから受けた感銘を〝人気ホラー〟ジャンルに育ったゾンビものから受けることは、もはやなくなった。その予感はロメロの「ゾンビ」サーガ第3弾に相当する『死霊のえじき』('85)の頃からうっすらと感じていたものではあるのだが……。

思想のない暴動

ゾンビ映画の隆盛は、様々な意味づけがされている。最近では学問としてゾンビ・ブームを分析しようとする試みがあるとも聞いている。それはそれで結構なことだ。しかし、ゾンビ映画のターニングポイントとなった『ナイト・オブ・ザ・リビング・デッド』が単なる恐怖映画以上の意味を持って作られなかったと伊東美和が書いたように、観客を怖がらせるために死人は蘇り、人肉を喰らうのであって、それを超えた意図を読み取ろうとすると無理なこじつけにしかならないのではないか。

そんなことをある時期、冷静になって考えるようになった。きっかけは日本でのみバカのようにヒットする一連の「バイオハザード」シリーズ（'02～'16）を観たから……ではなく、世評としては好反応だった『ゾンビ』の正式リメイク『ドーン・オブ・ザ・デッド』（'04）あたりになるだろうか。ここで描かれているのは、死体が蘇るという何かおぞましい怪奇現象ではなく、ただの暴動、思想のない一斉蜂起によって暴力が蔓延する事態以上のものではないことが理解できたのだ。

『ドーン・オブ・ザ・デッド』は公開当時のリアリティでもって、ゾンビが発生した時に起こる混乱をリアルに描いた。避難しようとする人々のパニック描写はなかなかのものだ。あちこちで火災が、交通事故の渋滞が起こり、映画のテンションは高い。予算もかかっているので、いきなり起こった理不尽な災厄……我々も東日本大震災で体験している……のシミュレーションとしてはよくできている。

しかし、オリジナルの『ゾンビ』が全然金をかけずに作り出した奇跡のような1カットに、膨大な予算と手間は勝つことができなかった。今でも『ゾンビ』と言えばまず思い出す絶望的なショット。それはフィラデルフィアから逃げ出す4人の背後で、ビルの明かりが消えていく、ただそれだけのビジュアルだ。僕はそのカットを観た時、世の中はこうやって終わっていくのだと直感した。実際はゾンビ発生など知らない夜勤の人が明かりを消した瞬間が映り込んだだけなのかもしれないが……この世の終末とはビルの明かりがポツンポツンと消えていく、そんな光景から始まるのだと理解できた。

この静かな「この世の終わり」と比較すれば、『ドーン・オブ・ザ・デッド』も、『バイオハザード』も、ゾンビが波打って襲ってくる『ワールド・ウォーZ』（'13）もただの騒乱、思想のない暴動騒ぎでしかない。そして絶望的なことに、我々の多くはそんな事態を望んでいるのだ。

崩壊願望

この閉塞感に満ちた世の中がメチャクチャになってほしい。すべてをご破算にするような、この世の終わりに立ち会ってみたい。

そんな気運は今も昔も変わらないものとしてある。事実、'78年の『ゾンビ』にその片鱗は現れている。多くの観客は内臓を貪り食うゾンビの残酷さや、人間の形をした怪物を問答無用で殺しまくる爽快さに目がさめる思いを抱いた。主人公4人組がショッピング・モールに立て籠るくだりにしても、物語上ではサバイバルの必要があってのことだが、その実、やっていることは集団万引きである。銃砲店でテンポよく武器を調達するシーンではアフリカの民族音楽調のBGMが流れるが、これなど万引きという違法行為を肯定しているような高揚感に満ちている。

もし、『ゾンビ』が最大のタブーを破ったとするなら、それはディザスター状態となった際、思いきり万引きや物品強奪をしてもいいという物欲の解放を肯定的に描いたことではないだろうか？

それくらい、日々の我々の暮らしは抑圧されていて、ゾンビとなって暴れるか、それから逃げるために万引きをするかの選択をしたくてたまらない欲求不満状態にあるのだ。その感覚は「自分もゾンビに食われて、醜く汚い別のものになってしまう」という恐怖、ホラーではない。望まれているのはポンコツになってしまった文明からの解放、息苦しいまでの現代社会が崩壊する夢にある。

ゾンビ映画がホラーの中で最も人気あるジャンルに育ったのは、ゾンビの持つグロテスクさよりも、そんな無礼講的な騒ぎの威勢よさ、解放感にあり、ホラーという枠はそれを包み込むオブラートにすぎない。

恐怖はどこにいった？

それでも、少なくとも'80年代の中盤まで、ゾンビ映画はある程度の恐怖の希求力を持っていた。先に触れた『死霊のえじき』、それに加えて『バタリアン』（'85）や『スペースバンパイア』（'85）のゾンビ暴動描写は（アバウトなものではあっても）、まだゾンビの持つダウナーな恐怖を持っていたように思える。

『死霊のえじき』はロメロとトム・サヴィーニが作り出したグロテスクなゾンビ・デザインが

頂点に達した映画だ。解剖途中のゾンビが起き出して内臓が溢れ出すビジュアルは、「軍人対科学者＝冷戦／レーガン時代」のドラマと評される本作の意図を簡単に凌駕する。

『バタリアン』は『ナイト・オブ・ザ・リビング・デッド』の後日譚という〝シリアス〟な枠組み、ロメロの映画に読み込める文明批評性を排除したパーティ・ムービーだ。このダン・オバノンの選択は正解だった。使われるサントラも楽しく、'80年代のポップ・カルチャーとしてのゾンビを楽しく売り出した。

トビー・フーパーの『スペースバンパイア』も無駄に大風呂敷を広げて、ゾンビによるロンドン崩壊をスペクタクルな見せ場にもってきた。宇宙から全裸のマチルダ・メイがやってきて大混乱を引き起こすドラマは（原作はかのコリン・ウィルソンだが）、隠していたダッチワイフが家族に見つかってしまって大騒ぎみたいな内容だが、ヘンリー・マンシーニの勇壮な音楽と、ロンドンの混乱を文字通りの混乱演出で見せてしまったフーパーの潔さが光った。

しかし、ここにあげたロメロ（『ゾンビ』）、オバノン（『エイリアン』）、フーパー（『悪魔のいけにえ』）、ともに'70年代にエポックを打ち立てた恐怖映画作家たちの'80年代の仕事を、時間軸を通して見直していくと、何かが抜けてしまっていることに気づく。

それは恐怖演出をもって社会、体制に歯向かっていく気概だ。それも単純な社会批評ではなく、恐怖そのものをスクリーンにぶつけることによって、観客に意識変革を迫るような強気の姿勢だ。

この時代、恐怖は体制に負けた。ここでいう体制は新しいメディアとして登場したビデオ文化なのかもしれないし、スピルバーグ以降勢いづいたハリウッドの再編成の影響があるのかもしれない。ともあれ、同時代のホラー映画作家は'70年代から'80年代初期までに見せていた牙のような鋭さを隠していくようになる。

たとえば『シーバース』（'75）や『ラビッド』（'77）でゾンビ映画の飛躍に貢献したデヴィッド・クローネンバーグは『ヴィデオドローム』（'83）以降、内省的な恐怖を描くことに矛先を変えていく。ゾンビではないが暴動映画の極北となる『要塞警察』（'76）『ニューヨーク1997』（'81）でシニカルな世界を描いたジョン・カーペンターは仕事が減った（その分、頑張って自分の世界を死守したのだと思うが）。心底我々の価値観を揺るがす恐怖は洗浄され、楽しい見世物としてのホラー映画が娯楽の王道となり、それは今も変わりない。

おぞましいもの、震え上がる恐怖はいつの間にか、その本性を変えてしまった。まるでゾンビのように。

ゾンビのおぞましさ

ここで改めて、ゾンビという存在について考え直す。

日本でも馬鹿騒ぎの方便として定着したハロウィンで多くの若者はゾンビの仮装をする。顔に下手くそな傷のメイクをして、ボロボロの服を着て、ゾンビウォークをする。その様子は真のゾンビ……麻薬によって意思を奪われ百姓をやらされているハイチのリアルゾンビと同じだ。

ロメロの『ゾンビ』から始まりテレビドラマの『ウォーキング・デッド』（'10〜'22）に至るまで、日本で起こった空前のゾンビ・ブームが彼らの後押しをしている。

しかし、一部の熱狂的なゾンビ・ファンを除いて、こうしてファッションとして消費されることに最も批判的な立場にあるのが、本当のゾンビ映画なのではないか？

ゾンビにミッキー・マウスやスーパーマリオのようなキャラクター性はない。映画においても、登場人物がゾンビに嚙まれて変身することこそあれ、それがフランケンシュタインの怪物のようにスーパーな存在になるわけでもない。ゾンビになることで没個性化するだけだ。

このキャラクター性を排除するところに現在ブームになっているゾンビの不健全性があるように思える。ゾンビ映画は数多くあるが、ごく一部の例外を除いてゾンビはただの総称であり、誰が演じても問題がない。それでいて映画の主役のように振る舞っている。この倒錯は一体何なのだろうか？

背景以上のものでないにもかかわらず、映画にはなくてはならないもの。彼らは暴れ、無残に殺され、それなのに、数だけは際限なく増えていく。そんなゾンビこそ、我々が無意識に感情移入してしまっているのだとしたら、これはおぞましい状態だ。もはやそこには文化・文明はない。人間が作り出してきたあらゆるものに対して逆らっていることになる。

メディアこそが文明

ゾンビ映画を観て、そこから起こるブームにゾッとさせられるのは、我々がもうこの世の中に何の希望も抱いていないことが理解できるからだろう。あえて繰り返すが、もうすべてが厭になっている。

個人的に愛して止まない『ナイトメア・シティ』（'80）がある。ウンベルト・レンツィが監督したこの映画は厳密に言えばゾンビ映画ではない。ゾンビに見える連中は、実は事故で漏れ出た放射能によっておかしくなってしまった人間だ。だから彼らは意味のない殺傷に武器を使う。テレビ局や病院が修羅場と化す見せ場は極悪だ。

『ナイトメア・シティ』のテレビ局襲撃シーンは、混乱する報道現場から異常な事態を描き出す『ゾンビ』に比べて、はるかに下品でくだらない。しかし、ゾンビ発生という異常事態にリアリティを盛り込むためにテレビやラジオ、そして今だったらインターネットが必需品であるのは間違った選択ではない。

メディアは文明を象徴する。これはゾンビ映画のみならず、ポール・ヴァーホーヴェンの映画や『ヴィデオドローム』でも描かれる。『ナイト・オブ・ザ・リビング・デッド』でもラジオから流れる「死者が人間を襲っている」という報道が一軒家の中のサスペンスを盛り上げる。だが、どの映画においてもメディアがゾンビを倒す活躍をすることはない。

ゾンビ映画において、世の中が、文明が崩壊する様子を伝え、事態を悪化させることはあっても、メディアが何かの役にたつことはありえない。そしてメディアが沈黙したとき、文明は消えてしまう。これは究極のニヒリズムだ。我々はメディアによって繋がっているが、それが潰えたとき、ゾンビによって世界はサファリパークになる。そんな脆弱な文明社会の成り立ちを確認することだけが、ゾンビ映画を観続ける意味になるのだ。

ジャンルの最底辺に向かうゾンビ映画

いよいよ結論めいたことを書く段階になった。

ゾンビの持つ最もおぞましい部分である。

それはやはり「言葉が通じないこと」だろう。

ロメロの『ゾンビ』でも繰り返される悲劇は、それまで知っていた人間がゾンビと化して、自分に襲いかかってくる異常さだ。どこの誰ともしれないが、同じ言葉を話す人間が別の存在になり、目玉をひん剝いて襲ってくる。そこには文明人のあるべき姿はない。ロメロは『死霊のえじき』や『ランド・オブ・ザ・デッド』(’05)で一瞬ゾンビと人間の共存を匂わせるシーンを用意するが、圧倒的多数のゾンビの襲撃によって、すべてオジャンにしてしまう。これもまたニヒリズムである。

言葉が通じない。意思疎通ができない。つまるところ、ゾンビ映画が愛される最大の理由はここにある。以前だったら、ハリウッド製戦争映画でドイツ兵は英語を喋った。これが最近だと〝リアリティ重視〟のため字幕が入れば、まだサービスが効いている。得体の知れない言葉を喋る敵を問答無用で撃ち殺すのが、新たな時代の戦争映画のリアルだ。アジアの某国で外国人たちが狩られる『クーデター』（'15）の現地人の恐怖も英語が通じないところにあった。ディスコミュニケーションこそ恐ろしい。これに人肉食いが加われば『食人族』（'80）になる。

親しき隣人がいきなり食人族と化す不条理的恐怖は、ロメロの『ゾンビ』までは生きていたが、ただの暴徒と化したゾンビにおいてはコミュニケーション以前のアクションだけが見せ場の、別ジャンル映画となってしまう。現在主流となっている〝多数派のゾンビ〟から逃げ回るだけ（たまに戦ったりするが）のゾンビ映画が他愛なく退屈なのは、コミュニケーションすら放棄した脱文明社会の退屈さに通じている。

そこに至る様々な要因（たとえばゾンビ・シューティング・ゲームの隆盛など）はあるのだろうが、ゾンビ映画はジャンルの最底辺に向かっている。恐ろしいのは、この流れを覆すような新しい流れが生まれないことにある。無邪気に死者とのバトルで戯れるうちに、ニヒリズムが映画を支配していったのだ。

ディストピア映画について

我々は現在、ディストピアを生きている。その実感を持っていない人間（特に日本人）はよほど鈍感にできているのではないかと思えるほど、この世の中から希望が消えている。その様子を眺めているだけで、どうにもすることができないのは、まるで味気ない映画を観るかのようにもどかしい。

ディストピアの反義語は理想郷、ユートピアだ。個人の尊厳が保証され、多くの苦役から人間が解放された世界。かつて映画は、いや映画だけでなく文学にしろ、宗教にしろ、科学技術にしろ、人間はユートピアを目指し、それを実現すべく前進してきた筈だ。特に科学は人間が快適で安心な生活をおくれるよう大きく貢献してきた。例えば、この文章は'18年に記されるが、我々は宇宙に行ってスペース・チャイルドに進化する代わりにインターネットを開発することで、多くの情報や価値観を一瞬のうちに手に入れることができるようになった。

だが、情報を自由に操作できるようになった現代社会はユートピアとはとてもでないが言えない。インターネットはフェイク・ニュースや罵詈雑言の肥溜め、犯罪の温床となった。何も信じられない。そこはディストピアだからだ。

フェイク・ニュース

ディストピア映画について語る前に紹介しておきたい二つの事例がある。

ひとつはマリファナの解禁についての噂だ。アメリカの多くの州では既に、マリファナがおおっぴらに吸われているのは周知の事実だ。しかし日本では保持するだけで即お縄の犯罪行為である。マリファナは薬効があり、それは末期ガンの痛みや鬱病に効くという。そのことを日本の某大手薬品会社は実証し、製品化することも可能なレベルにまで研究は進んでいる。しかし、何かの思惑でもって、某大手製薬会社はそれを表沙汰にしない。それどころか医療用マリファナ解禁の動きに圧力をかけ、絶対に商品化することはないのだという。

これはあくまで噂、都市伝説のレベルでの話だが、医療用マリファナを本当に必要としている人間にとっては迷惑千万なことだ。

もうひとつの噂。過労死で有名な某広告代理店は政府と結託して、意図的に文化水準を落としていると聞く。そのために日本国民に「ものを考えないよう」、様々なアプローチをしている。この動きはここ数年、加速していて、テレビからネットまでを駆使して日本国民を「洗脳」し続けているという。

この噂は太平洋戦争の敗戦後、GHQが日本を統治していた頃から様々に形を変えて流布してきたものだ。いわゆる「3S工作」という奴だ。セックスとスポーツ、そしてスクリーン……映画！　が、我々の自由意思を蝕んでいる。こうしている間にもオリンピックでメダルがどうしたと熱狂する日本国民がいる。'20年には迷惑なことに東京でオリンピックが開催される。一部の成金、そして自分を含む圧倒的な貧困層は、それでも同じテレビ番組を見て、スマートフォンから〝最新の情報〟を獲得して、いい気になっている。マリファナも「洗脳」も噂でしかない。流行り言葉でいえばフェイク・ニュースだ。しかし、それを否定する気持ちが起こらないのは何故か？

繰り返す。もう絶望しか残されていない21世紀を我々は生きているのだ！

ディストピア映画しか共振しない

さて我々を「洗脳」するのに一役かっているとされる映画に目を向けると、いまやディストピア映画は一大人気ジャンルだ。荒廃した社会。圧力や陰謀、そして権力の暴力に立ち向かうヒーロー。世の中を牛耳る悪の体制をひっくり返すカタルシス。ディストピア映画はアクション映画と特に相性がいい。「マッドマックス」シリーズに「ブレードランナー」2本、そして「マトリックス」3部作などのSFアクション映画が、ディストピア映画の顔になっている。

しかし、ここに挙げた三つの映画はそれぞれベクトルが異なっている。「マッドマックス」シリーズは文明が崩壊していく世界で〝かつての文明社会〟を取り戻そうとする物語だ。『ブレードランナー』（'82）とその続編『ブレードランナー２０４９』（'17）はジャンルとしてはSFだが人間と見分けのつかないレプリカントとの間に展開されるノワール・ドラマだ。そして

『マトリックス』（'99）。僕は1作目を観た後は真面目に取り合わなかったが、要は巨大なコンピュータ環境によって作られた擬似的な世界を生きるキアヌ・リーヴスがよく理解できない力に目覚めて現実を取り戻そうとするトリロジーだ。

主人公が悲劇的な最後を迎える『ブレードランナー2049』を除き、いずれの映画もヒーローはディストピアな状況や体制に立ち向かい、なんだかんだで勝利する。それこそ「よかったね！」と言わんばかりのハッピーエンドが用意されている。こうした映画は娯楽だからバッドエンドは向いていないし、「いつか勝つ」と思わせることでGHQから某広告代理店までが目指している「そのうち何とかなるだろう」という「思考停止」が行われているとするならば、安易にありがたがる代物でもないだろう。

ディストピアに生きる恐ろしさを正面きって描く『1984』（'56、'84）、『華氏451』（'66）、『未来世紀ブラジル』（'85）、それから『未来惑星ザルドス』（'74）といった映画も油断はできない。洗脳されてしまえば安泰であるとか、自分の夢の中に逃げ込めば幸せとか、すべてから逃げ切ってしまえばいいといった苦い結末は、やはり観客の思考を諦めに追い込んでいく。ディストピア映画を観るということは、自分がまさにその中にいることを本格的に自覚しないと悪夢の堂々巡りになる。

対してユートピア映画ならばどうか？　近年、文字通りのユートピアを描いた映画は存在したか？　そんなこそばゆい映画を思い出すことができない。せいぜいディズニー製作の『ズートピア』（'16）くらいしかタイトルが出てこない。同じくディズニーが傘下に収めたマーベルものも奇形化したユートピア映画かもしれない。我々は輝かしい未来をスクリーンに求めなくなった。

それはなぜか?

怖いもの見たさの絶望世界

ディストピア映画と隣接するジャンルはＳＦであり、デザスター映画、そして一部のホラー映画である。

ＳＦに関していえば、大森望の名言「ディストピアの傑作とされる作品の世界観を精査していくと、実はそれほど悪い世界でもない」が思い出される。そのいい例が『マトリックス』だ。主人公のキアヌ・リーヴスはローレンス・フィッシュバーンから変なメッセージを受け取らなければ、そのままぬくぬくとマトリックスの中で怠惰な日々を送れたのかもしれない（それこそ『ビルとテッドの大冒険』のように）。

『ブレードランナー』のガジェットに満ちた近未来（1作目は'19年が舞台だから、関係者はウカウカできないだろう）は、日本においてよりバッドセンスな形で現実化している。強力わかもとの巨大な広告は劇場公開された'82年にはワンダーだったが、リドリー・スコット率いるビジュアル・チームは'18年の秋葉原がアニメ絵で埋め尽くされ、新宿のストリートをロボット・レストランの広告トラックが走る未来は予想できなかった（スマートフォン？　想像もできなかった！）。

文明をひっくり返す巨大な崩壊を生き延びた人たちのドラマとしての『マッドマックス2』（'81）には、冒頭に核戦争があったモンタージュが置かれている。核戦争。最近になって奇妙にリアルな恐怖を感じさせるこの言葉は、アメリカのTV映画を日本では劇場公開した『ザ・デイ・アフター』（'83）や『ターミネーター3』（'03）でまさにその瞬間が描かれた。古典的な人類絶滅映画『渚にて』（'59）の舞台は皮肉なことに『マッドマックス』ゆかりの地オーストラリアだ。核戦争がもたらす人類滅亡の圧倒的な脅威はディストピア映画の最たるものだろう。僕としてはもっとくだらないデザスター映画『ジオストーム』（'17）の方に、このジャンルのもつ軽薄な絶望感を見ることができると思う。

『ジオストーム』は天気を操作する人工衛星が暴走し、世界中がとんでもない地獄になる映画だ。監督のディーン・デヴリンは『インデペンデンス・デイ』（'96）のお天気版として、この映画を監督した。才気に溢れるわけでもない『ジオストーム』はそれでもヒットした。天気を操るつもりが逆に大惨事を呼ぶ殺しの道具となる、お気軽な近未来映画として、やがては忘れられる映画だ。

直球ホラーとしてのディストピア映画については一連のジョージ・A・ロメロのゾンビ・サーガが思い浮かぶが、たった一晩だけあらゆる犯罪が許される「パージ」シリーズもまた斬新なディストピア・ホラーだ。1作目『パージ』（'13）ではソリッド・シチュエーション・ホラー、2作目『パージ：アナーキー』（'14）ではジョン・カーペンターの『要塞警察』（'76）を連想させるアクション、3作目『パージ：大統領令』（'17）ではパージを生み出した政府が舞台となる。このシリーズが賛否両論となったのは、一晩限りの無政府状態を意図的に作り出すことで社会の貧困層が犠牲となり、金持ちは安穏とできる体制が維持できるという「理屈」にあった。

陰謀説がこの世を覆う

先にマリファナと国民の思考停止陰謀の話を紹介した。我々は知らないところでビッグ・ブラザーに支配され、ハッパを一服する自由すら制限されている！　リアルな社会派ドラマを描くことは、そのままディストピア映画になるのではないか？

アメリカではドキュメンタリストとしてのマイケル・ムーアがまず連想される。彼が'01年9月11日の大惨事テロがブッシュ政権の陰謀だとする『華氏911』（'04）は惨憺たる出来だった。ムーアがアメリカの国会議事堂の周りを宣伝車でぐるぐる回り、「議員の皆さん、あなたたちの子供を戦場に送ってください」とアジるシーンは、『ゆきゆきて、神軍』（'87）の奥崎謙三の勇姿を知っている者からすると迫力に欠けたものでしかなかった。

奥崎に近い執念で陰謀史観的映画を撮っているのはオリヴァー・ストーンだろう。特にここ数年の彼のフィルモグラフィは徹底している。最新作の『スノーデン』（'16）はウィキリークスで大騒ぎを起こした実在の人物による政府のネット監視の告発を描いた。ことの張本人であるスノーデンがロシアへ亡命し、アメリカ国民に「本物のビッグ・ブラザーがいる」と警告する内容だが、よくこんな映画の企画が通ったなと感心してしまうところもある。企画を持ち込まれた際は流石のストーンも躊躇したが、何度もモスクワへスノーデンに会いに行き、取材を重ねたことで確信を得て、『スノーデン』は作られたという。もっとも同じストーンの『ブッシュ』（'08）や『ニクソン』（'95）と同じく、どこか時代に迎合しているイロモノ性がつきまとう。

このイロモノ性は、映画が体制と戦って利益を得ていた'60年代から'70年代にかけての映画、例えば『コンドル』（'75）とか『大統領の陰謀』（'76）といったなぜかロバート・レッドフォードが顔を出す映画に比べて、事態はかなり深刻なのに危機感を呼び起こすまでには至らない。CNNの特番のように思える。それがリアルタイムのディストピア映画なのだと言われれば、それまでなのだが。

日本にもオリヴァー・ストーンがいる。渡辺文樹だ。『御巣鷹山』（'05）で日航機は中曽根康弘の陰謀で撃墜されたと告発したが、いかんせん自主映画の規模と奇怪な宣伝ばかりが話題となり、陰謀暗黒映画のドツボにハマっていた。同じ日航機墜落事故をモチーフにしている滝田洋二郎の『コミック雑誌なんかいらない！』（'86）のメディア批判の方が陰謀論に陥ることなく、突き刺さるものがある。ラスト、血まみれの手でカメラを覆う内田裕也が映し出されたテレビがブツッと消える様は『マトリックス』の1000倍クールだ。日本においてディストピア化はバブルな'80年代にすでに進行していたということなのだ。

ディストピア作品を参考にして現実は悪くなる

僕は持論として、映画だけでなく小説であってもいいのだが、未来を悪く描くと、それを参考にするように現実も悪くなると思っている。

例えばスティーヴン・スピルバーグが監督した『マイノリティ・リポート』（'02）がそうだ。あの映画が恐ろしいのは、将来犯罪を起こすことが〝予定〟されている人間を事前に拘束できる暗黒未来の法律だ。もともとはフィリップ・K・ディックの小粋なアイデアだったが、現実にも遺伝子レベルで犯罪者とその予備軍を割り出そうとする研究が進行しているというではないか。またロボット兵器の画期的な進化によって、兵士が死ぬことなく戦争が遂行できるようになった。これは宇宙船に乗って戦っている「スター・ウォーズ」シリーズの想像力を簡単に飛躍している。

さらに確信を持っていえば、我々の多くはすでに日常生活を管理されていることに不快感を持っていない。ディストピアの住民であることについて疑問を抱いていない。本を読むことが罪であるという、世にも恐ろしい『華氏451』（'66）において、最も恐怖するポイントは「人々が読書禁止を強制されたのではなく、自らそれを放棄した」ところにある。ディストピア的なものに身を委ねることは「思考放棄」だから楽ちんなのだ。「この現実はおかしい。正さなくては」と個人が気づき、ＳＮＳで発言でもしようものなら、ネット右翼がわらわらと湧いて出て炎上騒ぎが起こる。

百田尚樹に象徴されるネット右翼の醜悪さは、心ある人ならば恥ずかしい、空虚なものであることに気づいているのだが（以前、フジロックフェスティバルで問題になった「音楽に政治を持ち込むな」レベルの、本当にどうでもいいことだ）、面倒くさい存在に絡まれるのが嫌なので放置している。ネットで見かける炎上の様子は『マトリックス』の予告編のようだ。サングラスにスーツ姿で個性を隠した男たちが寄ってたかってキアヌ・リーヴスに襲いかかる（それでもエージェント・スミスを演じたヒューゴ・ウィーヴィングはこれをきっかけにスター街道をのし上がったわけだが）。彼らはマトリックスの秘密を守り維持するという使命を持っていたが、現実のネット右翼は何を守ろうとしているのか、僕には理解できない（というか、理解したくない）。無名で顔がなく数だけが武器の暴力団が、ハイパーコンピュータの世界に生まれることを描いた点で『マトリックス』は先見性があったと、ここは無責任に言い放ってみよう。

『マトリックス』と同じ'99年に作られたデイヴィッド・フィンチャーの『ファイト・クラブ』はラストのビル爆破が9・11テロを予兆したという意見もある。もっとも、『ファイト・クラブ』はディストピア映画の範疇には入らないと僕は考える。つまらない家具を買いすぎてクレジットカードがパンパンになってしまった連中が、信販会社を爆破して借金をチャラにする、ある意味ユートピアの到来を描いた映画なのではないか？　最後のセリフも「これからは良くなる」だったし。貧富の格差がここまで開いてしまった現在、「これからは良くなる」と誰かに言ってもらいたいものだ。

「メディア・セックス」はどうなった？

また話は陰謀論めくが、ウィルソン・ブライアン・キイが書いた『メディア・セックス』はディストピアをリアルに感じさせる怪書だった。この本は映画の途中にコカ・コーラを買えと一瞬メッセージを入れるとコーラの売り上げが伸びたとか、リッツ・クラッカーの表面に「SEX」という文字が刻印されていて、それが売り上げに貢献しているという、人間の無意識を操作する企業が存在するという恐ろしい告発本である。今でこそ、その信ぴょう性は疑問視されるようになったが、本が発売された当初はパニックのような騒ぎになったことを覚えている。

先ほど触れた『ファイト・クラブ』のあちこちに施されたサブリミナル効果は、無意識のうちに観客の攻撃性を刺激しているという。もし『メディア・セックス』の告発が本物だったとしたら、このユートピアを目指す男たちの映画もまたディストピア的手法をもって作られたことになる。ウィリアム・フリードキン自らの手によってサブリミナルが追加された『エクソシスト』（'73）のディレクターズ・カット版のそれは陳腐な話題集めでしかなかったが、『ファイト・クラブ』の場合は、サブリミナルカットにわざわざモザイクをかけるほど、わかりやすく、あざとかった。わかりやすさもまた、ディストピア社会を考える上で重要なファクターだ。

圧倒的多数の日本人が「未来は良くなる」と考えている根拠のひとつに『ドラえもん』がある。未来の世界から陽気なロボットがやってきて、困ったことを解決してくれる。映画でもテレビでも『ドラえもん』は大人気だ。しかし、そのアニメ画面を注意深く観察していくと、おそらく『メディア・セックス』を読んだことのある者の手によって「SEX」という文字が書き込まれているという！　本当かどうかの判断はこまめに『ドラえもん』をチェックしていくしかないが、残念ながら僕にその気力はない。ただ、スマートフォンやAIの急速な進化と日常への介入は、我々にとって『ドラえもん』が感じさせるリアリティを日々更新していると言ってよいだろう。いまやスマートフォンなしには目的地にたどり着けない、ろくに用も足せないような人間が増えている。この10年の間でもって劇的に人間の能力はのび太なみに劣化しているのだ。

ポスト・ディストピア

このまとまりのないディストピア観、いつの間にか何かに頼らずに生きていくことは不可能になっていて、しかも頼みの綱はスマートフォンという情けない現実は、実に簡単な手段で崩壊する。ビルを爆破する必要などない。

コンセントを抜けばいいのだ。

電源をシャットアウトするのだ。

途端に日本だけでなく、多くの文明国家が機能停止し、ヨタヨタと崩壊していく。情報超管理社会が無秩序な原始のディストピアに移行する。

コーマック・マッカーシーの作品群にそれはよく表れている。マッカーシーがシナリオを書き、現代の上流社会（彼らはコカインを謳歌している！）の腐敗と堕落と破滅を描いた『悪の法則』（'13）こそは、まさにリアルタイムのディストピア光景を描いた傑作だった。『悪の法則』はクライム・スリラーとでもジャンル分けされるのだろうが、ハビエル・バルデム演じるド派手な金持ちの投げやりなライフスタイルは、この社会を無思考に生きる支配者層そのものだ。マッカーシーは『悪の法則』で、この社会の弱肉強食を肯定も否定もせず、ましてや声高な批判もせず、そういうものだとする。

マッカーシーが本格的にポスト・ディストピアを生き延びる親子を描いた『ザ・ロード』を発表、これも'09年に映画化された。本作はSF的舞台設定で、すでに文明が崩壊し、生き残りの人間はなぜか人喰い人種と化している。そんな地獄を、理性を保った親子が旅する物語だ。文明が崩壊してしまえば、社会システムとしてのディストピアは消滅する。知恵と暴力で生き延びるしかない。そして、この映画で父親は理性を保っているために〝マッドマックス〟になりきれない。これもまたリアルな映画だ。

おそらく『ザ・ロード』はジョージ・ミラーが『マッドマックス』の1作目で描いたディストピア状態……いまからほんの先の未来、秩序が徐々に狂い出し、暴力がはびこり出す時代の先にある物語だ。「マッドマックス」シリーズは先にも述べたようにアクションによって秩序、文明を良き人間が勝ち取る映画だが、『ザ・ロード』の場合、徒歩でトボトボと旅する親子にとっての脅威は人喰い人種だ。文明が完全に消え失せた冬の光景は恐ろしいもので、文明再興の兆しは感じられない。そこが『ザ・ロード』が「マッドマックス」シリーズほど人気を勝ち取れなかった理由だと考える。同じ状態が日本で起こるとどうなるのか？　銃器もなく、エネルギー源に乏しく、スマホによってアホになってしまった日本人の圧倒的多数は、ポスト・ディストピアの時代にオロオロとしながら死に絶えていくのだろう。

そんな時代をタフに生き残るには山賊にでもなるしかない。それで食料がいよいよなくなってしまえば、人喰い人種に退化していく。つまり、『サランドラ』（'77）のように。

『サランドラ』！　おそらく最も低予算で作られたリアルなディストピア映画の完成形はウェス・クレイヴンの『サランドラ』だ。

日本では「ジョギリ・ショック」宣伝がいまだ笑い種にされている『サランドラ』は、文明社会からやってきた家族が車の故障から荒地で立ち往生し、そこに棲む山賊に襲われ、殺し合いに発展するだけの映画だ。ちなみにドイツでは、文明人家族が身動きが取れなくなるのがエリア51で、人喰い人種は宇宙人として宣伝された。よほど売りのない映画だと思われたことに国境は関係なかった。

Cinnamon Girl

シナモン・ガールと同室
残りの人生は安泰
彼女がそこに横たわっている

腰から上は焦げた
腕も耳も、焦げた
彼女のまつげは、燃えてなくなった
彼女の原型を保持することはできなかった

加害者が謝罪の粗品を病室に運ぶ
結局、それをいただくのは俺
シナモン・ガールが品物をくれる
シナモン・ガールが品物をくれる

シナモン・ガールが品物をくれる
とにかく金を送ってくれよ
あとは何とかうまくやるから

（ニール・ヤング「Cinnamon Girl」のために）

まいべけっと

ベケットの小説三部作を、二〇代の頃に、主に風呂場で読んだ。

そう考えると、自分にとって重要な小説、というか特に前衛小説はすべて風呂場で読んだという記憶があるように思う。例えばゴンブロヴィッチだとかシュルツだとか……しかし、読んだはずのそれらの細部を思い出そうとしても、ぜんぜん思い出せなかった。

ただ単に風呂の中に本を落とさぬよう、必死になっていただけで、一切中身など読んではいなかったのかもしれない。全裸で読書。唯一、悲惨なほど集中力のない僕が無理して本を読み切る方法がそれだった。しかしベケットのこの一連の作品だけは、ただひたすら文字が頭に浮かび、単語が内容を剥奪されて、忘却される……という本来読書という経験にあってはならないことが、唯一許されているような気がした。孤独なマラソンだけが日課の白痴のような読書体験。その中で記憶に残っているのが、小石をしゃぶる行為の白痴的な描写だ。高校生の頃に何となく断片的に読んだ『アンチ・オイディプス』でそのまま引用されていたのを、やっとそこで知ったのだった。

で、こうして宇野邦一氏による新訳でまとめて短期間に集中して読んでみて感じたのは、書き手が何もネタなど持たずに小説が坦々と始まっていくという即興的に近い純粋さが、訳者がそれぞれ違うものを続けて読むよりも、ひたすら心地良く感じられたのである。語り部が語っているその瞬間以外には、前にも後にも何も存在していない真空状態。同じ訳者による訳とはいえ、これはちょっとした衝撃だった。洞窟の中をたった一本の懐中電灯を持って入っていくような感覚。

この余裕のない重層感と呼ぶべき、恐ろしく空疎な広がり。戦火が奪った焼け爛れた光景に包まれるような、途方もなさにねじ伏せられ、言葉さえ失ったあとでも、生き残った人々の人生は続く。

戦場でもなく九・一一、三・一一で出現した荒野を乗り越えるために、二〇世紀に人類が得た感情を忘れてはならないと、二一世紀も五分の一終わろうとする現在にこれらのベケットの小説を読み込むことで強く感じた。いまこそ万人に読まれるべき書物。生き生きとした戦争じゃなくて、怠惰な麻痺状態の戦後が永遠に続く感覚。

それを人類に刻み込むために、誰かがベケットにノーベル賞を与えたのだと思う。

もちろん、この三部作全三冊を買い求めて、丁寧に搾り尽くすように読み尽くすのも大切だが、床にぶっきらぼうに放り出し、いつまで経っても読まない、というのもありだと思う。

一切読まないで、ベケットを全力で類推する。これはとても試す価値のある行為だ。かつて風呂場で全部読んだけれど、結局自分も類推して、この原稿を書いたようなもの。読んで類推、読まないで想像。案外これが無駄なことでもなかったりする。読者の皆さんも一冊も買わないで想像するのは、いくらなんでも自由すぎるが、買ってそのまま放っておくのは読者の自由だ。この三部作三冊の存在を、見て見ぬフリなどの配慮を必要とすることなく、やがて部屋の光景の一部となって自然に溶け込んでいく過程を意識するのも、嫌でも時間が過ぎ去っていくという、無常な人生の楽しみの一つではあるまいか。

河出書房新社最上階の会議室より、建設中の新国立競技場を眺めながら執筆。

4　わたしは横になりたい

こうして机の上で原稿を書いているのだが、ワープロから少し目を逸らせば、その先には横になれば速攻に気分の良くなるだろうと思われるソファがある。かなり以前に駅前の大塚家具店の特売で買った。三人もの人手を使い、何より部屋に運ぶまでの設置に苦労した。

滑らかな表面の、土色のソファが山頂から丘を見下ろすように、それは野性味溢れる豊かな大地のように広がっている。近くにあるサイドテーブルの上に置かれた、いくつかの黒々としたアフリカの古美術品がそう錯覚させるだけなのか。

家具屋の担当者によれば、以前の十分の一ほど値下げしたという。不釣り合いなまでに豪勢なソファに長年憧れていた身としては、すぐさま飛びつくように購入した。

見つめただけで、牛革の匂いがした。人間が横になるために、何頭もの動物が虐殺された事実は忘れるよう努めた。しかし、家具屋に行けば、他のソファからも何事もなかったかのようにいつも漂ってくる独特の匂い。

勿論ソファに横になれば、匂いなんて忘れて、仕事はやむなく中断せざるを得ない。

原住民たちの歓喜の太鼓の音が、いまにも聞こえてきそうな錯覚を呼び、思考から言語という曖昧なものを奪い去ってくれる。

ただ黙って言葉を紡ぐ指の動きを止め、その表面のツヤを眺めるしかできない。船の上からただ呆然と時間の静止した大海原を、息を潜めてじっと眺めているかのようだった。

漂流するボートの上の緊迫感とは、真逆の状態。しかし、正しく漂流と同じといって構わないほどに精神は、何にも線路を示すことなく停滞して波の上に浮かんでいる。わざわざ航路を向けるべき大陸も、いまは一つも視界にはない。

単なる二、三人が座れるような格調高い茶色のソファ。横になる患者の話に、精神科医が耳を傾ける様子が思い浮かぶが、ここはそういった不健全な場所ではない。仕事が行き詰まった際に、すぐさま横になる為、常にそこにあるのだ。


ただひたすら恐れていた。

まるで身に覚えのない凶悪犯罪に巻き込まれ、全体の俯瞰が可能でない事態に、どのようにも身動きが取れなくなるような状態に、以前陥ったことがあった。


松田忠生が一度だけ、ここに横たわっていたのを目にした記憶がある。

三年前のこと。

何故そのような顚末に至ったのかは、残念ながら覚えていない。

忠生は死んだようにソファの上で眠っていた、という表現はあからさまに凡庸ではあるが、いかにも死体然とした抜け殻感を漂わせていた。やけに無念さだけ残った。実際の死体は、決して死を装って演じているのではなく、本当に魂が抜けた存在だ。抜けた後の殻が生きた蝉と見間違えることがあまりないように、今後は活発な行動を期待できそうにない様子。彼は最初から生を知ることなく死体として生まれてきたような、死体感が外で歩いている、どこの誰よりも死が精力的に漲った男だった。

「これは忠生だよ」

横たわる男の名を教えてくれたのは色黒の少女マサミだった。遠い昔からやって来た南米のような麦藁帽子で、コーヒー豆が入っていた袋を縫い合わせたような貧しい服を身に纏った彼女からその名前を聞くまで、彼の存在すら知らなかった。ただ自分の仕事部屋に置かれた、身元不明の死体に驚く寸前に名前が先に知らされたのである。

「忠生？」

驚嘆するよりも、先にマサミに訊いた。

「そう忠生」

死体の名前が忠生、というより忠生の死体がここにある。ということは、その寸前にまず、残酷な死が訪れたはずだ。劇的に。恐ろしくも慌ただしい、黒い死神がスッと訪れてきたはずだった。

「忠生は平成六年八月一四日、神戸生まれ。兵庫県議会議員、神戸弁護士会会長などの要職を歴任し、長期にわたり国政及び地方自治体と地域の発展のために寄与した。終戦直後の混乱期には神戸市長に就任。卓抜した手腕を高く評価され、戦火で廃墟と化した市街地の復興に端緒を開き、今日の神戸発展の原動力となった」

マサミの発した忠生の略歴は、一聴したところ華々しい戦後の日本復興のために活躍した偉人のような紹介文であった。しかし、忠生の死んでいる様を凝視すればするほど、そのような説明が、すべて真実ではないように聞こえてきた。

もっと正確な紹介はできないものかと、問いただそうと試みた。

重苦しい雰囲気の中、マサミは天井だか窓の外を見つめて黙ったまま、立ち尽す。忠生の死の苦しみの瞬間を追体験しているのだろうか。それはあまりに過酷すぎる経験。

残念ながら真実の忠生の過去は知らない。その死の際に発した、彼の声の響きすら聴いたことがない赤の他人。例えば、生きて元気に笑いながら、公園でボールを追って飼い犬と駆けずり回る忠生の姿を一度も見たことがないのだ。

だからその死を、素直に哀れむことができない。最初から死ぬのを用意されていた男。いや、そういってしまえば、例外なく誰でもそうなのだが。

聴いたことのない知らない歌でもいいから、一曲歌って欲しかった。伴奏のない、アカペラでもいいから。

暫く不自然な静寂さが、延々と続いた。こちらでない方向を見つめたまま微動だにしないマサミの存在が、急に気がかりになった。まさか突然死したのであれば、このように立ち尽くしたりはせず、床に崩れ落ちるだろう。何か面倒が起きて都合が悪くなって、こちらに顔を向けられないのではと心配になったのだ。

そのとき、彼女に話しかける気が何故かしなかった自分に責任があるのだろうか。知りたいことは沢山あった。それなのに。いったい、こちらが何をしたというのか。

時計の秒針の音さえ聞こえれば、時が止まったのではないとわかる。しかし、どう耳を澄ましても、一切聞こえない。いつか、この書斎で秒を刻む音など聞こえない代わりに、原始的な太鼓の幻聴をかすかに耳にした記憶はあるが、通常の時計の音など、聞こえたことがかつてあっただろうか。


何を懸命に見つめているのか、わからないままマサミが背を向けた状態が続く。

彼女はひょっとすると内装に関して意外にも詳しく、窓の方からやってくる冷気に敏感な反応を示してるのかもしれないと、そのとき思った。この部屋の立て付けの悪さについて考えを巡らせているのか。いずれにせよ、横たわっている忠生と同じようにまた、マサミのことも考えてみれば、そんなによくは知らなかった。いや、寧ろ彼女のことは何も知らない。

忠生もマサミも、その底知れぬ得体の知れなさは所詮、同じスタートラインに立っている。とにかく、彼女がどんな表情で反対側を向いているのか、想像するのが嫌になってくる。

自分には見えぬ死霊の姿におののいて、完全なる静止を貫くのか。

どんな感情を表す表情であっても不可解であって、寧ろ鼻でさえも消失したのっぺらぼうであるのが望ましいとさえ思う。

自分であっても、いま自分がどのような表情をしているのか、それを把握している人間は誰もいない。顔になんて、感情の何も書いていないからだ。無表情であったとしても、それはただの無記入の白紙ではない。何も感じていない、何ら考えていないわけではない。

上手くは説明できないが、とにかくマサミがどのような表情でいるのか考えるのを強要しようという様が、恐ろしくもあり、またどこか腹立たしくもあった。

いかにも女性らしい、植物のようなしなやかな手元には、赤いハンカチらしき布の端が見えたような気がしたので、彼女はいま静かに息を潜めて泣いているのかもしれない。

仕方なく、どのような違和感が立ちはだかろうとも、話しかけてくるまで彼女の存在を、今後一切意識しないよう決意した。急に腹が減ったと見せかけ、彼女に声もかけず、衝動的に上着を羽織って近所のコンビニへと出かけた。特に求めている物を売っているはずのない商店へ、彼女が心開くような一品を求めて。

コンビニエンスストアは閉まっていた。その日以来、近辺にコンビニは開店していないようである。スーパーはそれ以前に潰れていたし、その近くのメキシコ料理店はつい最近まで営業していたのに、いつの間にか閉店していた。とにかく、何を食べてもおいしいとグルメに評判の店だったので、近隣の住人たちは首を傾げた。

そのときは早い朝だった。なのに閉まっていた。腕時計に目をやって確認した。午前八時過ぎだったのを覚えている。

もともと二四時間営業ではなかったが、実はもうその店は潰れていて、前はどこのチェーンだったのかも忘れた。看板も何もかも、すでに撤去されていて、ただガラス張りの明るい店内だけが以前のままだった。中は空だった。酒やソフトドリンクが陳列されてた冷蔵棚には何もなかった。雑誌が並べられていた棚はなく、ただの真っ白な部屋だ。それらがガラスに張り巡らされた白い紙の隙間から見えた。また他のコンビニチェーンが入るのかもしれない。いや、コンビニなど儲かりそうにないから、何か別の店が入るのかと、そのときは思った。しかし、現在もそこは陰気でカビ臭い薄暗い廃墟と化しているのだった。

最後にその店に行ったのは、いつだったか。今よりは幾分薄着だったのを覚えている。

三年前の二つ前の季節の変わり目くらいだから、やや遠い昔だったかもしれない。基本的にコンビニという空間が嫌いだ。理由など考えるほど、暇ではない。気がつけば、勤め先と通勤と、それ以外はコンビニにいるという生活を送っている人もいるだろうが、そういう人生はゾッとする。夜であろうが、公園でボンヤリしながら一生を終えるほうが、まだ幾らかマシだ。

いや、何がそんなに嫌いなのか。

人類が長い時間をかけ、種族や人種が壮絶ないがみ合い殺し合いを経て、屍の山を築きあげて勝ち得たものが、所詮こういうチェーン店なのである、という最終的な回答が、屈託のない明るさで、安価で提供されているというのが気に入らない。覇気に欠け、コンビニくらいしか仕事のない凡庸な人間に、文明の終焉をクドクドと言い渡されているような気分に、多少疲れている際には感じてしまうものだ。しかし、最も残酷なのは、文明が続けてきた搾取と虐殺の現場を目撃した経験の者が、決してこのような場でそれを語ろうとはせず、寧ろ陰気な重々しい表情で知らんふりで済まそうとするからである。特に店内のイートインが、そういった無言の息苦しさに満ちていて、あんな場所で飲食をするという人間の気が知れないのだ。コンビニで提供される食品は、全部プラスチックに思える。そんな塊を熱湯でふやけさせたもの自体、食うのは信じられないというのに。

環境破壊の半分は、こういったコンビニが生み出してるのだと、ここのイートインで力説する中年男性に会ったことがあるが、とにかく迫力が呆れるばかりに凄まじかった。

無料で配布するには、いかにも分厚くきちんと装幀され、活字も組まれた豪華な本を、その男は熱心に配布していたのだが、レイアウトはメチャクチャで、誤字脱字が多く、論旨も乱れ放題。これなら内容を問わず若い女性（その多くが人気AV女優たち）のヌードグラビアが多く掲載された週刊誌を、それが目当てで駅のゴミ箱で無心に拾ったほうがマシだ。

しかし、特に衝撃だったのは、このように怒りという感情がいかに人を獣じみた存在に変えるのかであろう。特に鼻の両穴が、完全に中年男性の顔の一部から独立したような雄々しさだった。

そのときは話半分で聞き「何とまあ話が極端な男だ」と心中で嘲笑ったのだが、後になってみると、あながち間違ったことは何も言ってなかったような説得力で、彼の知性がやや脳に浸透し始めたのである。顔を眺めている内に、段々と黒みを帯び始めた鼻だけは別だが。

周囲に人だかりができ、それを解散させられるような店長はたまたま不在。忙しい昼の時間帯なのに、中国人学生バイトのワンオペレーションでは、どうにもならない。

文明の終わりを予期させるようなコンビニの閉店を憂い、極力店内を見せないようにガラスに貼られた白いシートを眺めていると、環境破壊の権化とばかりに口汚く罵っていた中年男性の怒りの表情が目に入ったような気が、突然した。実際には飲んではいなかったと思われるのに、酒を飲んだかのように赤く染まった顔が、記憶に鮮明に蘇っただけだった。

そういえば中年男の名は太郎。部分的に「太郎」としか覚えていない。出会い頭に名刺が手渡されたが、「太郎」と書かれた文字しか記憶にない。コンビニなどのチェーン店に支配された世界を主に敵視する人間たちの直情さは「太郎」という名を持つ人間特有のものだと、そのとき強烈に感じたのだった。

「おい、アンタまだオレの話に興味あるのかよ」

彼の用意していた原稿の主張したい内容は、もはやすべて世論で語り尽くされたような内容であった。あとは暴力で訴えて解決するしかない、そんな瀬戸際に特に苛立っていたに違いない。

聴衆たちは、太郎から手渡されたパンフを地面に破棄して「あいつの言ってたのは何だったんだ、こりゃ」とばかりに、皆浮かぬ表情で散っていく最中。

断っておくが、彼の力説するものすべて合点がいったわけではない。寧ろ、細かく聞きただしたいように感じられる部分も、その時点では多かった。

しかし、敵側の人間に区分されるような覚えはない。そもそも目の前で対話する者を、敢えて他人扱いする必然はない。最初から自分以外は敵として、まず喧嘩を売ろうとする意識が完全に先行している。

「それとも、文句があるっていうのか」

いつかこちらにも狂犬の牙が向いてくるだろうと、考えた矢先だった。

何かに助けを求めようとするが、壁に貼られたポスター以外、人の姿をするものがない。

「お前はオレのこと、クスリで気の狂った大猿か何かだと思ってやがるんだろ！　ちゃんと読めっていうんだよ、この心を込めて一生懸命に作ったパンフを！」

水彩で描かれた表紙の本が、床に叩きつけられる。この絵も、彼が描いたものなのだろうか、見た目とは異なり、ちょっとした洒落た絵心はあると感じさせた。一瞬目にしただけで、鮮やかな色彩が、生きていることを全肯定する陽光の暖かさを感じさせる。地中海の心地よい風の匂いが、咄嗟に漂う。ここでの獣じみた彼の対応はともかく、内面にはこうした力強い筆致の人間らしい、牧歌的で詩的なヴィジョンがあるのを知った。

こうした洞察を裏切るかのように、完全に怒り狂った野生の猿を思わせて、中年男はグアーとばかりに突然両手を大きく掲げた。眉間に最大限の皺を寄せ、血に飢えた獣特有の挑発としか思えぬ野蛮さ。煽るように、どこからか原始の太鼓の音が聞こえてきそうだ。この場だけに居合せたなら、殺人現場の一歩手前だと、誰もが危険信号を発する。

こちらも特に説明するのは避け、慌てて片手の簡単な素振りだけで否定する。

直接的ではないのだが「貴方はこのようなパワフルで詩的な小冊子を、たった一人で作り上げた男だ。それを忘れないでほしい」と切実に、目で訴えかけた。

不条理に怒り狂う男の目と、彼の編集によるパワフルなメッセージ満載のパンフの表紙の絵を、優しい陽光の気持ちになって、交互に見つめた。

細かい説明なんて、やっぱりこの際いらない……こちらが考えたように、それですぐにわだかまりは解け、やがて中年男の顔にも満面の笑みが浮かんだ。男の背後の壁に、貧しいアフリカ系の子供たちに向けた募金を募るポスターがチラリと一瞬ボンヤリと見え、次第に像が露わになった。彼らも、太郎と同じ種類の人間だ。怒りと笑みで真逆ではあったが、彼らの笑みは撮影者から強要されたもので、純然たる本心から出たものかどうかまでは、アフリカから遠く離れた日本からでは想像すらできないのが実情だった。

それでも極限を超えて怒り狂った中年男と、特に言葉でなくわかりあえたのは、アフリカ系の彼らが背後で見せていた、太陽のような笑顔のお陰かもしれない。

いままでの荒々しさが嘘のように、男は両手を激しく広げたり狭めたりして、猿のようにキャッキャッと歓喜の表情になっているのだった。きっと心の中でアコーディオンを弾いているつもりなのだ。和音の厚い音がいまにも聞こえてきそうな気がした。もし聞こえたら、ここで本気に思い切り泣いてしまったかもしれない。

そう思うと、何者かは名前も知らないが、ポスターの中の人々への感謝の気持ちでいっぱいになった。

結局、閉店したコンビニでは何も買えず、黙って帰路につくしか、やれることはない。完全なる敗北を感じ、出勤を目指して駅へ向かう人々に背を向ける形になったのだが、その負けに対して、いささか納得がいかないのも確かだった。

部屋に戻る寸前、ポストに投函された紙片が目に入った。手にすると、それはコンビニ開店を知らせるチラシだった。先程行ったのは近隣の駅の方角。新しくできたのは、自宅から反対の方角だった。

ただただ無心に歩き、すぐに店に着いた。聞いたことのない新手のチェーンで、店の看板も店内も必要以上にキラキラしていた。すでに開店しており、豊富な生活用品と食材に満ちていた。

牛肉のうまみがそのまま液体に凝縮された「肉のうまみドリンク」が、最近飲料メーカーから発売され話題になっている。それが恐らくこの店でも普通に売っているようだ。これは発売当初から飲んでみたかった。これを飲みながら白飯だけを食うのもありかもしれない、という期待が高まっている。野獣のように鬼の形相で生肉を食らうという行為には近年ますます抵抗があるが、それがドリンクならば、それを飲む洗練された佇まいが要求される。

しかし、いま何より気になったのは、店内で不快に鳴り響くパルス音。害虫やネズミ駆除の為の超音波が、恐らく天井に設置されている銀色のボールから放たれているのは明らかであった。この表面には、マンガのようなイラストで、目がバッテン印になってへこたれているネズミたちが、音波で店から根絶される様子が描かれているのだが、ここまで難聴になるようなボリュームで長時間聴かされたら、客の方が耳から血を流し、目をひんむいたまま、死に絶えてしまうだろう。

いまから出勤の勤め人ではなく、いま仕事から帰ってきたような水商売の連中で賑わっている。そういった客層を狙ってなのか、たまたま時間帯のせいで、そういった雰囲気のコンビニであるとしか説明ができないのだ。

彼らにはその超音波が耳に入っていないらしく、サングラスで覆われた目からは一切の苦痛が感じられない。

水商売の若い男と女たちは、揃って同じ買い物をしているように見えた。さすがにすべて均等に同じ商品を購入しているわけではなさそうなのだが、単なる組み替えで大差ないように感じたのだった。寧ろ、一人だけ違う趣きのものを購入しようと試みても、その店に多くのものとは隔たって際立った商品など、一つも売っていないのだ。

知らないうちに始まっていた新しい庶民的な生き方は、こういうものなのかと、我が目を疑った。

自ら選択する余地を奪われ、骨の髄まで搾り取られる。

環境に無関心なあまり、世の一般的な人々はこのように劣化していたとは、まったく理解していなかったので驚いた。しかし冷静に考えてみれば、この状況がたまたまそうだっただけなのかもしれない。石をなげれば水商売の人間に当たる。ここは、そういった傾向にあるベッドタウンではあるのは間違いない。

誰かが携帯電話の周辺機器コーナーで吐いた。吐瀉物が撒き散らされる音を耳にするのと同時に、サングラスの男の口から勢いよく噴き出されるのを目撃した。従業員らしき男の一人が駆け寄る。特に吐いた客を責める様子もなく、瞬時にモップなどが運び込まれて慌ただしく清掃が始まっていた。

その瞬間にも、不快過ぎるパルス音が止む様子はなかった。男の具合が悪くなったのも、この音が原因に違いないと思われた。

雑誌コーナーの陽光溢れるガラスから、外の光景が目に入る。

店から必死で飛び出した大学生風の青年を、数人の顔色の悪い男女が追いかける。

その近くのイートインスペースの壁に、潰れたコンビニにも貼ってあった笑顔の黒人の子供たちのポスターはあった。どこからか「誰か救急車を呼んで！　早く！」と叫ぶ女性の声を耳にした。続いてコップが床に落ちて砕け散る音。

いつか観た不気味な映画のシーンみたいで、店内で流れ続ける持続音は、まさに効果音のように機能していた。

男が嘔吐した場所に戻り、掃除する従業員に尋ねる。

「この耳障りな音は止められないのかな。かなりうるさいんだけど」

初めは答える素振りもなさげな従業員も、商品の上に降りかかった吐瀉物を払いのけ終わると面倒臭そうに答えた。

「これは簡単には止められないんですよ、お客さん」

不穏な感じは、遡ればこの新しいコンビニにやってきて聞こえてきた音からすでに始まっていたようだった。

店の前の通りは、文字通り地獄と化していた。店の前に停めてあった自動車が、燃え上がっていた。中の運転席には人がいた。

一人の警察官が、数人のホスト風の男性たちに摑みかかられていた。一瞬、フットボールの試合に見えたが、高揚感も健全な雰囲気も皆無。警察官は持っていた警棒で必死に制するも、相手が多すぎてどうにもならない。頭部を何度も殴っているが、摑みかかる者たちを思ったように静止できないのだ。

暴徒の中の一人が、警官の指に嚙み付いた。それほど本気で嚙むわけない、と思い込んでいたこちらの想像を簡単に超えて、人差し指の第一関節はポロリと玩具のように取れた。

見てはいられない状況だった。そもそも何が始まろうとしているのか、見当もつかなかったが、現在が暴動のような状況であるのは確かだった。

警官は絶叫して、指から血を噴き出しながら地面に倒れて、男性たちの波に押しつぶされて姿が消えた。暴徒に完全に屈したのだ。

外ではサングラスに青白い表情の若い男女が、無秩序に暴れている。彼らは徹底して無言で、何かを主張している様子はない。

コンビニの中はどうなっていたのかというと、野球でいえばブルペンみたいな場所になっていた。血に飢えて青白い顔をしたものたちが、自分の出番をいまかいまかと待ち構えていた。

近所の人間が何も気がつかず、呑気にコンビニの前を通り過ぎようとし、状況を把握したか否かの寸前に捕食者に捉えられ、嬲《なぶ》られる。これを現世に現れた地獄と呼ばずに何と呼ぶのか、ハッキリとした答えに窮してしまう。

しかし、不思議なことに自分の身に何らかの危険を感じたかどうかというと、これが特に何もない。壁と壁の間の空間で生きている人みたいな疎外感で、惨劇の一部始終をただ呆然と眺めていたに過ぎない。起こっている出来事が、行ったことのない外国からの、さしたる目的意識のない儀式の生中継という感覚で、もはや何事でもないような。

即殺していい家畜がいれば、殺戮者の勢いだけで何のためらいもなく瞬殺、といった殺伐とした空気が、この店内の居心地の徹底した悪さの元凶だったのは明白。

いつまでもこういった惨劇をただ黙って大人しく眺めていても、決して楽しいってわけじゃない。言葉の通じない暴徒に襲われ、ボロ雑巾のようにズタズタにされているのが、親類とか友人ならともかく、こういう事件でも起こらない限り印象に一切残らない人々。どちらかといえば、こういった残酷ショーは好みではない。しかし、何もなければ、関係など発展しようのない人々の死に様であるのは否定できない事実。だからといって、金を払ったわけでもなく、ここで見物を決め込んで居座るのも、どこか気分が悪い感じがした。

何があっても死体とは仲良くなれない。生きていなけりゃ、話もできない。それがボロボロで反吐まみれのものであっても、プロの完璧な死化粧済みのものであっても困る……これこそは偽らざる気分だった。

ふと外を見るとコンビニの前を、あの「太郎」が何も知らず、平然と通りすぎる。その立ち振る舞いは、あたかもサイレント映画の大物喜劇役者のようだった。

普段なら激昂もせず、誰にも迷惑をかけないという自信に満ちていた。彼はそういった穏やかなムードを最初から一切感じさせなかった、というわけではないが。

しかし、死はそんな彼の気分になど、容赦はしない。

死んで悲しくない人間なんていない、それより恐ろしいのは、かつてこの世界に生きていたことすら忘却されること。誰一人として悲しむものがいないよりも、それが恐ろしい。

死んでしまったら、その救いのない悲しみでさえ、自らは感知できなくなる。そして、生きて存在していた記録も残らない。それを誰も管理しない。

太郎の身の回りは、いまだ阿鼻叫喚としか表現できない地獄がまだ存在していた。言葉にするのもためらってしまうような、血で汚れた汚物が、地面のゴミと塗れて更に人糞の練り物のような悪臭を放つ。それらは一銭の価値すら持たず、貧乏人が晩飯に食うことすらできない。ただの汚物。近くに寄るだけでも嫌なのに、それを拾い上げて何かの高級食材を加えて、鍋に入れて調理するわけにもいかない。手で触れるにも不愉快なのに、それをわざわざ何かに有効利用しろという。大きさもそれぞれ違っているのだが、色は茶色に近い黒、匂いは均等に臭い。それらが静止することなく人糞のように練られて、地面だけでなく獣じみた表情の人間たちを汚す。呻き声を上げながら人間たちもそれらと交わり、区別がつかなかくなる。人糞もどきが雄叫びを上げる。それらがいくつも絡み合って、一体となって、高波のように荒れ狂う。

疲れ切って、自宅に素直に帰った。忠生の死体も、マサミの姿も、すでになかった。

あれから三年経った今日、死を意識したまま横になって、そのまま気がつけば永遠に眠ってしまった。

二度と目が覚めることはないというのを、知っていたら。きっと私は横になるのを、暫くは死のことを忘れるまで、眠たくても、じっと我慢しただろう。

5　生存記録二〇二四

偉大な作家生活には病院生活が必要だ

いまの暮らし

退院しても体調が良くなった感じはしません。腰が痛いし、すごい疲れます。ぜんぜんだめ、死体ですよ。帰ってきたと実感した瞬間？　酒飲んだ時だね。でも、一回だけ飲んでみたけど、体調が最悪になってそれからは飲んでない。〔編集者に向かって〕昔は朝まで酒に付き合わされてかわいそうだったね、いまは自由になって良かったですね。何がしたいって？　おいしいものが食べたいですよ。おいしいものしか食べたくなくなったのは君のせいだよ！　それまでぜんぜん食べものに興味なかったのに、編集者たちがおいしいものばかり食わせるから。病院の飯がまずい、味付けが悪いって文句ばっか言って怒られたの、そいつらのせいだと思ってる。なんで今日は食べもの持って来ないの！　久しぶりの中原節？　悪口かよ！　どうでもいいよ。

みんな勝手なこと言うけど、自分では味覚は前とあまり変わっていないと思う。肉はわりと食べていいみたいで、いまは普通に出してくれるんだよ。近所にステーキハウスができたから、ステーキ弁当を買ってきてもらって、うまかったから何回か食べたけど、肉はもう飽きた。肉は制限ないけど、糖質がだめなんだ。美味しいお菓子が食べたいけど、そういうのがだめなんだ。毎日、ヘルパーに交渉してお菓子をもらうけど、もう喧嘩ですよ。外出？　ライブハウスとかばかりだけど何度か。近くの飲食店にもけっこう行ってるよ。近所のライブハウスでライブに一回出たけど、超適当にやったよ。一時間くらいいたけど、ぜんぜん体力がなくて。映画も観たいけど、目の具合が悪いときがあって見れない。前にレーザーの治療を受けたけど、苦痛だっただけですよ。『ミッション：インポッシブル／デッドレコニング PART ONE』だって観られてない。

入院生活

入院中のことはあまり覚えてないよ。公表してもらった自分のコメントも、何言ったかじつはぜんぜん覚えていない。意地悪されたり、嫌なやつのことは覚えてるけど。持っていた豚ちゃんの人形がいなくなって、なぜいないのか聞いたら「次会う時は生姜焼きになってるかしら」とか意地悪言われたり。最悪ですよ。ほんとうかどうか知らないけど、院長の妻が俺の小説のファンらしくて、だったらもっと優遇してくれても、と思いましたよ。

まあ、けっこう好き勝手やってたから、かなり嫌われてたんじゃないですかね。面会に来る人がみんな面白がって高いお土産を持ってくるんだよ。牛肉弁当とか鰻弁当とか。焼き肉はやっぱいいなとそこで再認識しましたよ。それで、ひとりだけ贅沢しやがってとむかつかれたり、コーラを飲んでるだけでもむかつかれたりして、いやになっちゃいますよ。入院しているのは高齢の人ばかりで俺がいちばん若いくらい。すっごいいびきがうるさくて寝言が歌になってる人とかいて、げらげら笑いましたよ。夜中に人の部屋を覗きに来て叫ぶ人もいて、わざとやってんのかと思うくらい、うるさかった。病室からビデオ通話で話した相手みんなから、よくこんなとこいられるねと言われましたよ。

そういえば、リハビリ病院の入り口に自動販売機がいっぱいあって、けっこう豪華なものとか売ってるの。酒とかはなかったけど。そのなかの「テングジルシのビーフジャーキー」っていうのがうまいと聞かされてて、いつも「売り切れ」になってたしどうせ実在しないものだと思ってたんだけど、名前が頭にこびりついちゃって。実際にあるんだってね、食ってみたいな。

懐かしい人々

入院中に大江（健三郎）さんが亡くなった時は、大江さんのことばかり聞かれたよ。読んでないのにさ。やっぱすごい人なんですかって聞くから、面白いから読んでくださいと言っておいたんですけどね。俺が詳しいわけねえだろ、と思った。差し入れでベンヤミンの本をもらった時も、人が本棚を見るたびにベンヤミンのことばかり聞いてくる、分かんないのに。疲れちゃいましたよ。

それにしても、病院に入っているあいだにいろんな人が死んじゃったね。山根貞男さんの死がすごい残念でした。意外と仲良くて、よく飲みに行ったりしていたんだよ。シネマヴェーラでよくいっしょになって仲良くなったんだったかな。あの人のお葬式は行きたかったな。青山（真治）さんの一周忌の会も行けなかったのがほんとうに残念だよ。今月あった特集上映にも「死者蘇生も夢じゃない」ってコメントしたけど、ほんと死んだ感じがしないもん、青山さん。蓮實（重彦）さんとか筒井（康隆）さんとかは元気そうで困っちゃう、いや、困らないか。また会いたいね。みんなともっと仲良くしておけばよかったとふと思いますよ。昔から仕事全般をまともにやっておけばよかったとか、そんなことばかり考えちゃいます。これから、まともに仕事できたらいいですね。

思考回路のアドベンチャー

入院していちばん思ったのは、キューブリックの映画って、ぜんぶ病院生活のパクリだなって。これをまず言いたかったの。とくに『時計じかけのオレンジ』とか、病院にカメラ持ち込んだだけじゃん。や、実際はそんな簡単なことじゃないだろうけど、アイディアはだいたいパクリでしょう。『シャイニング』でさえ、そう思った。話す相手もいないから、ずっとそんなことばかり悶々と考えるしかなくて、怖かった。

病院であった怖かったことばかり覚えてるよ。霊感とかないほうですけど、いるはずのないところに人がいたり、とか、そんな悪夢ばっか。病院から家に帰ろうとして帰れない夢とか、やっと家に帰れたと思ったら引っ越した後だったり。実際、現実もそういう状況だったんで、フィリップ・K・ディックの世界が現実になった感じがずっと続いてきつかった。

いろんな妄想が出てきて、友だちが看護婦になっているんだけど、そこから見える風景がノイローゼになっていて、地獄めぐりみたいというか。病室がなぜか俺が通っていた高校になっていて、友だちが看護婦になっているんだけど、そこから見える風景がノイローゼになっていて、実家の窓から見てた風景と全く同じなんだよ。もちろん、単に自分が思い込んでいるだけなんだけど、自分でも妄想だってわかっていながらそう見えている。ほかにも、飛行機に乗っていてバイデンに会って、すごい疲れたり。まさに戦争の始まる時期で、隣りの病室からテレビの音がずっと鳴っていたのが聞こえていたんじゃないかと思うんだけど、だからすごい混乱しているよ。

退院して悪夢は見なくなったけど、意識のないあいだにぜんぜん違う場所に移動していたり、知っている人だと思って話していたらぜんぜん知らない人になっていたり、というのはいまもあるよ。いま住んでいるところは、前に住んでいたところと微妙に近いし、よけい混乱してくる。記憶とかって簡単に混乱して、すごいことだね。人間に人格なんていうものはそもそもなくて、自分のからだのなかに何人も別人がいて、それが交代交代で出てきてるだけに過ぎない、人間なんてただそれだけの話なんだって結論にいたりましたけどね。悟ってる？　いや、よくないよ、こんなのきちがいでしょ。

でも、アンナ・カヴァンの考え方が今回やっとわかったよ。以前から好きで、とくに後期の作風に共感してたけど、入院してシンパシーがすごく増した。そういう意味では思考回路のアドベンチャーはすごくあって、こういう考えを小説にまとめたいですね。いま何の仕事をしたいかといえば小説。書く余裕があればいいですけど。口述筆記でできるかというのがあって、それだときっと零れ落ちるものがあるでしょ。病院にいると、確かにいろんな小説のアイディアは生まれるんだよ。でも、アイディアが出てくるからといって、そのまま本になるわけじゃないし。

身体について

どうやったら身体について書くことが可能かって？　そのテーマから大きく離れて生きていくことじゃないですか。身体とかそういうことを頭から全く排除して。お前ら、病院に入ったことあんのか、と言いたいですよ。そんなこと言って、俺も初めての入院だったけど。小説や映画をやりたいんなら病院に入った方がいいですよ。で、もし病院に入ることがあったら、ネタやアイディアがいっぱいあるんで、入った瞬間から大切にした方がいいですよ。偉大な作家生活には病院生活が必要だ、ということを強調したいです。こんなこと入院中には余裕がなくて言えなかったですが。

俺はもう一生病院には行きたくないと思いますが。もっと病院から離れたところへ行きたいです。痛いのはいやだな。採血とか、ほんとにぞっとする。こんなに俺って痛みに強かったかなと思って、逆に強くなったくらいの気持ですよ。でも、ふだん見れなかった夢がたくさん見られて、まあ面白かったんじゃないですか。

（二〇二三・一一・二二談）

カレー、カンヅメ、本と映画の記憶は忘却の彼方に

僕は千駄ヶ谷に近い神宮前で育ちました。「文藝」で一番最初に原稿を書いたときは深夜実家から河出に行って夜明けまで書いて、ホープ軒でラーメン食べて帰りました。

河出には小説を書くためのカンヅメでよくいきました。カンヅメになるとご飯を出してくれるので、それをあてにするという悪癖がつきました。ちなみにS社の社員食堂は安いけどまずい。K社はファミレスが入っていてB社には社員食堂がない。だから河出の「ふみくら」は最高です。どれも美味しかったけど、一番はカレーです。

カンヅメは元会長室でもやらせてもらいましたが、好きなのは地下の会議室です。囚人になったみたいでよかったな。あそこは人が死んだ気配がありますけど、誰か死んでませんか？

カンヅメの時は同じ部屋に他に人がいた方がいいんです。邪念があった方がたくさん書ける。二木くんの校了と重なって同じ部屋で作業したこともあります。二木くん、川崎の本とかだして活躍していますよね……あ、あれは磯部くんか。河出が千駄ヶ谷からいなくなると思うと寂しいです。

自宅周辺で思い出すのは日本青年館です。ライブを見たこともあります。MELONとか見

ました。中西俊夫さんはもう死んじゃったけど。僕は見ていませんが青年館にはトーキング・ヘッズも来ていました。秩父宮ラグビー場にはルー・リードが来ていたみたいです。

あと思い出すのは渋谷の東急文化会館の一階にあった、「ユーハイム」というドイツ喫茶です。あそこのミートパイが大好きでした。ちょっと前までは千駄ケ谷の駅前の地下にもありましたけど、津田塾大学になってしまった。

その向いにある東京体育館には、小学生から中学生の途中まで体操教室に通っていたことがあります。子供たち相手の教室で、今では信じられないですけど、体を鍛えようと思って通いました。スポーツには昔も今も関心ないけど。幼稚園の友達ですごい凶暴なやつがいたんですよ。そいつが体操教室に通っていたのでついて行ったんです。幼稚園は原宿幼稚園。ベルコモンズの近くで、まだあると思います。

ベルコモンズはできた頃のことを憶えています。結構すごかったんですよ。六本木ヒルズができた時みたいな感じです。裸のラリーズがライブやっていたようです。もちろん子供でしたからラリーズは知りませんでしたけど。

昔はそんな変なところがあのあたりにはたくさんあったんです。詳しくは覚えてないけど変な映画をいくつも上映していました。ワタリウムの館長も、あのあたりの地下でファスビンダーを上映していたと言っていました。ワタリウムでナム・ジュン・パイクが立ってるところを見たこともあります。

そういえば、キース・ヘリングが来日して、地面に絵を描いているのを見たことがあります。

でも、横にいた子供がしょんべんをぶっかけて、全部消えてなくなっていました。今だったら「何千万になるから消さない方がいいよ」って教えてあげたけど、教える隙もなかったですね。中学くらいの子供がおしっこかけてヘリングの絵を全部消していたんですよ。児童館の向こうの歩道橋の下のあたりです。今もその歩道橋はあります。

映画といえば、ドイツ文化センターが近所で、五百円でヘルツォークとかを上映していました。安かったから、小学生の頃はよく行っていました。

映画を見始めたのは六歳くらいです。最初は親に『キャリー』とか、オカルト映画を観に連れていってもらいました。あの頃はオカルト映画が流行っていたんです。小学生でしたから怖かったですよ。今はいい映画だと思いますけど、当時は映画のことよくわかってないので、いじめられっ子の話ぐらいにしか思ってませんでした。

「渋谷パンテオン」という映画館にはよく行きました。それからやっぱり東急文化会館にも思い入れがあります。

僕のおじさんは松竹で、映画館の支配人でした。それでチケットをもらって松竹にもよく行きました。五年ぐらい前のことですが、映画のパンフレットの仕事で松竹本社にいったとき、偶然、秋山道男さんに会いました。秋山さん、亡くなってしまいましたね。そういえばTARAKOさんもこないだ亡くなりましたね。それで、下で『牯嶺街《クーリンチェ》少年殺人事件』がやっていたから観て帰ろうかと思ったら、山田洋次さんがいたんです。

僕の父は『シュンマオ物語　タオタオ』という山田さんが原案のアニメ映画の美術監督をし

ていたので親交があったそうです。僕は勉強ができなかったから、父が戸塚ヨットスクールに入れた方がいいんじゃないかと山田さんに相談したら、「その子は絶対伸びるからとにかくお金あるだけ与えて好きなことやらせなさい、その子は絶対伸びるからそうした方が良いに決まってます」と言ったそうです。戸塚ヨットスクールなんて死んでも嫌ですよ。山田さんの映画はそんなに好きじゃないんですが、そこは感謝していました。なので、挨拶して感謝の気持ちを伝えようと思ったんだけど、めんどくさいからやめました。

映画があって、その後が文学です。高校生の時、学校が神保町の方にあったから古本屋にはやたらと行きました。昔から古本が好きだったから。当時バロウズが読みたかったんですけど、全然入手できなかった。『裸のランチ』は持っていましたけどね。文庫ではなくて最初の「人間の文学」の版です。サンリオＳＦ文庫が終わりかけでディックとか買っていました。

音楽も高校くらいからです。ジャニスで借りてましたよ。ザ・ゲロゲリゲゲゲを聴いたり。金ないからノイズしか借りなかったですけど。ＣＤも金なかったから買えなかったですね。でも御茶の水は今から考えたら輸入もののお店も結構あったからいいところでした。その頃はデレク・ベイリーとかも投げ売りされてたから、安かった。千いくらで買えましたからね。みんな知らないけどラフォーレ原宿にはディスクユニオンもありました。ラフォーレもまだ出来たばっかりの頃です。

ベルコモンズにも、レコード屋がありました。輸入雑誌とかもいっぱいあった。あの頃は紀伊國屋書店とかユアーズとかそういうところがいい感じでしたけどね。紀伊國屋にも昔は輸入雑誌がいっぱいあって、『ファンゴリア』っていうホラー映画の雑誌を読んでました。ユアーズは田中絹代のサインが貼ってあったことを覚えてます。『スター・ウォーズ』が上映されている時は店内が『スター・ウォーズ』の内装になっていました。

あとは渋谷の児童館についても話しておきたいです。館内に海底都市のミニチュア模型があって、それがすごくよかったんです。アポロに乗って月世界行ったりとか、そういう変な施設があって。今考えたらすごいと思います。これを話せる知り合いがいるといいけど、なかなかいない……。

渋谷はいいところがありました。「ぽるとぱろうる」にもよく行ってましたよ。詩と文学の店で、いい店でしたよね。

僕は西武系で育ったようなもんです。六本木WAVEには開館からずっと行っていました。それでWAVEで働くことになった。その後、青山ブックセンターで働いたんです。

いまや渋谷には本屋がほとんどないけど、昔は三省堂とか旭屋とか色々ありました。大盛堂も懐かしいです。センター街には今もあるけど本店が復活してほしいですけどね。大盛堂の本店の地下に「アルバン」というミリタリーショップがあって、変わった本を置いていました。エロ本とかも置いてあってすごい楽しかったです。店が閉まる直前に、ブルース・リーのインタビューのテープとか、どうでもいいものを買いました。ナチの演説レコードとか売っていて、やたらと高いんですよ。アルバンはそのあと電力館の向かいに移って割と最近まであったんです。まあ単なる変態ショップですけどね。

九〇年代には外苑前にリブロがありました。近所だったから自分の本にサイン入れたんですけど、あれは売れたんだろうか……。

目が見えなくなってしまったけど、本は読みたいですね。ベルンハルトの『石灰工場』の新訳が出ると聞きましたが、もう出たんですか？　ベルンハルトは文字の塊だけで面白いから、本を近づけて見てみたい。

（二〇二四・二・二七談）

おわりに

倒れたのは二〇二三年一月です。病院に担ぎ込まれましたが、八月までの記憶はありません。退院したのは一一月で、そのあと世田谷に移りました。

　この本には『2020年フェイスブック生存記録』『2021年フェイスブック生存記録』『2022年フェイスブック生存記録』から編集者がこの本のテイストにあわせて勝手に抜いたものが収録されていますが、ほんの一部です。2020年と2021年版の全文は boid から Kindle で出ていますから（2022年版は近刊予定）、そちらも読んでください。

「ぼくの採点症」は「芸術新潮」の連載で、毎回、当時の編集長が聞いてくれて、それをおこしたものです。米谷一志さん、ありがとう。

　ゾンビ論とディストピア論は田野辺尚人さんがつくった本のためのものです。

　小説は未刊のものから一つだけ、この世界といまの自分を予言しているような作品を入れてみました。

　本当はあとがきがわりにいつも怪談を聞いている西浦和也さんとの対談を入れたかったんです。岩本さん、次回はお願いしますよ。

　読んでくれてありがとう。またどこかで会いましょう。

中原昌也（なかはら・まさや）
一九七〇年、東京都生まれ。「暴力温泉芸者」名義で音楽活動の後、「HAIR STYLISTICS」として活動を続ける。二〇〇一年『あらゆる場所に花束が……』で三島由紀夫賞、〇六年『名もなき孤児たちの墓』で野間文芸新人賞、〇八年『中原昌也 作業日誌 2004→2007』でBunkamuraドゥマゴ文学賞を受賞。他の著書に『マリ&フィフィの虐殺ソングブック』『子猫が読む乱暴者日記』『キッズの未来派わんぱく宣言』『待望の短篇は忘却の彼方に』『KKKベストセラー』『ニートピア2010』『悲惨すぎる家なき子の死』『こんにちはレモンちゃん』『知的生き方教室』『軽率の曖昧な軽さ』『パートタイム・デスライフ』『人生は驚きに充ちている』ほか多数。

◎初出
○はじめに………語りおろし
○生存記録二〇二〇―二〇二三（抄）………『二〇二〇年フェイスブック生存記録』（boid、二〇二一年）、『二〇二一年フェイスブック生存記録』（boid、二〇二二年）、および『二〇二二年フェイスブック生存記録』（boid、近刊）より抄出。
○ぼくの採点症二〇一一―二〇一四………「芸術新潮」二〇一一年一月号〜二〇一四年四月号
○ゾンビ映画、ジャンルとしての終わり………『ゾンビ論』共著、洋泉社、二〇一七年
○ディストピア映画について………『映画のディストピア』共著、洋泉社、二〇一八年
○Cinnamon Girl………「文藝別冊　ニール・ヤング」二〇一五年
○まいべけっと………ベケット『名づけられないもの』（栞）河出書房新社、二〇一九年
○わたしは横になりたい………「文藝」二〇二〇年春季号
○偉大な作家生活には病院生活が必要だ………「文學界」二〇二四年三月号
○カレー、カンヅメ、本と映画の記憶は忘却の彼方に………「文藝」二〇二四年夏季号
○おわりに………語りおろし

偉大な作家生活には病院生活が必要だ

二〇二四年一二月二〇日　初版印刷
二〇二四年一二月三〇日　初版発行

著　者　中原昌也
装　丁　前田晃伸
編集協力　阿部晴政
発行者　小野寺優
発行所　株式会社河出書房新社
〒一六二－八五四四
東京都新宿区東五軒町二－一三
電話〇三－三四〇四－一二〇一（営業）
〇三－三四〇四－八六一一（編集）
https://www.kawade.co.jp/

印　刷　株式会社亭有堂印刷所
製　本　大口製本印刷株式会社

Printed in Japan
ISBN978-4-309-03939-8